Né en 1' … . Depuis près de quinz… …ues sur scène, un peu partout dans le monde. L'écrivain … également de nombreux ateliers d'écriture dans les établissements scolaires, les hôpitaux psychiatriques, en milieu carcéral, ainsi que dans les bibliothèques et les médiathèques. Son premier roman, *Georgia* a remporté le Prix littéraire de la Porte Dorée et son second roman, *Frère des astres*, est lauréat du prix Spiritualités d'Aujourd'hui.

JULIEN DELMAIRE

Frère des astres

ROMAN

Boîte à lire

GRASSET

ISBN : 978-2-253-07017-7– 1re publication LGF

En mémoire de Jean-Marie

« Frères des astres, vous, les poux
Qu'il laissait paître sur sa tête,
Bon pour vous et dur pour sa bête,
Dites, par la voix du poète,
À quel point ce pauvre était doux ! »

Germain NOUVEAU, *La Doctrine de l'Amour*

« Ta chair sera une écorce,
mais ton âme une étoile. »

Jack KEROUAC, *Livre des Esquisses*

I

Septentrion

(toujours seul, un train transperce l'horizon, un gospel rocailleux, la lumière pavoise, le monde remue dans son silence, épilepsie, la campagne l'accueille, à l'hôpital, l'écran s'enchante, une cavale spirituelle)

0

Ceci est l'histoire de Benoît. C'est une histoire de poux, d'errance et de sainteté. C'était hier, il y a longtemps. Depuis bien des arbres ont rouillé, des usines ont fermé, des enfants ont goûté l'acier, des vieillards ont mordu la souche.

Il va falloir raconter : comment une âme dégoupillée de grâce s'est éparpillée sur les plaines, les vallons, les avenues. Une âme vêtue d'une peau de secours, une peau rendue illisible par la crasse, puante à nos narines et douce pourtant, au vent qui la frôlait, aux anges qui la veillaient.

Il va falloir raconter cette peau coloriée au pastel de l'enfance et l'effroyable beauté de ce visage que l'usure, la faim, la faim, ne dissuadèrent pas de sourire, pour recevoir chaque matin le baptême des rosées, l'onction acide des pluies. Ce visage qui souriait aux abeilles, aux rats, aux gamins des dunes et à chacun de nous. Cette âme, cette peau, ce visage avaient un nom. Un nom de famille, même. Comme chacun de nous. Ce nom a été oublié, quelque part, dans les plis de l'époque. Nous l'appellerons : l'enfant, le pèlerin, le marcheur, le pauvre, le pouilleux, le délabré... Le plus souvent, nous l'appellerons Benoît.

1

Le village d'Amettes attend le fracas des cloches, la pétarade des mobylettes, un bruit quelconque qui justifie l'éveil. L'horizon est une toile craquelée où le brun des sillons s'accroche en empâtements. Une basse mélancolie pèse aux flancs du monde. Les feuilles mortes cisaillent l'air, le ciel entaché d'ombre achève de donner au jour sa face mortuaire. Le Nord rumine sa peine.

Benoît vient d'avoir huit ans. Il est accroupi près de la mare, une branche de noisetier à la main. Ses épaules sont engoncées dans un gros blouson d'hiver. Immobile au bord de l'eau stagnante, l'enfant semble méditer. Son visage est ingrat, taillé à la serpette, avec une curieuse asymétrie des yeux et de la bouche. Ses cheveux blonds découvrent un front bombé. Son regard aigue-marine contraste avec le ciel.

Le cresson s'agite d'un vent léger. L'enfant renifle, tâte une boursouflure sur sa pommette. Il s'est battu tout à l'heure : les gosses du village avaient capturé un crapaud, moche et râpeux ; après lui avoir coupé les pattes au canif et enfoncé un pétard dans le derrière, les mômes s'apprêtaient à allumer la mèche, tout excités à l'idée du joyeux feu d'artifice. Cela avait déplu à Benoît, qui avait protégé la bête entre ses mains calleuses, blessées par l'eczéma. Il avait encaissé quelques mandales auxquelles il n'avait opposé que le silence. Les autres avaient fini par s'éloigner, l'insulte aux lèvres.

La lumière rase les collines, vient modeler son visage. Benoît dépose la bestiole agonisante sur l'herbe. Il n'en veut pas à ses camarades qui le prennent pour un extraterrestre, avec sa sensiblerie et sa gueule de traviole. La plupart des villageois, jeunes et vieux confondus, se méfient de ce drôle de gamin qui caracole sur les ornières, caresse l'écorce des sorbiers, pose des chausse-trappes aux étoiles. TOUJOURS SEUL. Dans les rues, à l'épicerie, dans la cour de l'école, on l'appelle « l'autiste » ou bien « le babache ». Benoît le sait qui continue à sourire.

Le crapaud se vide de son souffle, de son sang. L'enfant sonde la vase. De fines bulles éclatent à la surface. Le temps lui semble long. Le temps le cloue au sol. Dans son jeune crâne, tout est brouillon, brouillard. Des pensées comme des bulles d'air. La branche flotte un instant, puis coule.

Les collines noircissent. Il faut rentrer. Dans quelques jours, le printemps est censé revenir ; pour l'heure dominent le froid et l'obscurité. Le chemin est court jusqu'à la maison, quelques rangées de troènes, un château d'eau, forteresse de la plaine, et partout les champs labourés, les sillons gras, huileux, comme des tripes étales. De grands corbeaux prélèvent leur part des semences — becs durs contre la terre, pupilles jaunes, menaçantes. Le village est perché sur un tertre verdoyant, l'enfant gravit les pentes boueuses pour retrouver la départementale. Dans le virage, la chapelle est éclairée. La statue de la Vierge irradie d'une clarté timide. Le vent abandonne les branches, l'enfant se fige. Il ne dit rien, ne sait que dire. Le regard aimanté par le halo des cierges, il projette son ombre sur la figure de plâtre. Il ne sent plus le froid. Il n'a plus peur des grands oiseaux noirs, de la nuit qui s'avance. Il se souvient d'un geste, un mouvement de la main qui survole la poitrine et le front. Ce geste rituel entrevu à la messe, pour l'enterrement de sa grand-mère. Benoît se signe, à l'envers, puis à l'endroit. Sa poitrine se comprime, des larmes lui viennent, sincères et sans raison. La campagne s'assombrit. L'enfant hâte le pas. Derrière ses épaules, une nouvelle lumière.

2

L'angélus résonne, les vibrations métalliques serpentent au gré des sillons. La Nave coule en mince filet avant d'aller se jeter dans la Lys, quelques kilomètres plus bas. Benoît prend le chemin vicinal qui longe la rivière pour rejoindre le pont surplombant la voie ferrée. Le sentier est crépu de chiendent, débondé d'ordures. Il marche sur les détritus, fait craquer le polystyrène ; la senteur du houblon mouillé le grise. Une reinette glousse sous les ajoncs.

Il s'arrête un instant, se penche sur l'eau trouble. Son visage, fripé, pourrait être celui d'un vieillard ou d'un nouveau-né. Il reprend la route, poursuivant du regard les rails qui émergent à travers les touffes de graminées jaunies. Sur la passerelle, il contemple le ballast. Il attend le vacarme d'un train de marchandise, une citerne chargée de fioul. Lorsque son imagination parvient à confondre la réalité, un vrombissement monte, des bagnards invisibles, le dos ployé sous les nuages, frappent la terre de leurs pioches.

UN TRAIN TRANSPERCE L'HORIZON. La locomotive frictionne l'acier, les essieux sifflent, les portes scellées par de terribles loquets tremblent, prêtes à vomir leurs cargaisons. Benoît se laisse ébranler par la vitesse, les wagons défilent devant son corps immobile, une pression parcourt sa colonne vertébrale, monte et descend à la façon d'une bielle : l'appel des rails, le poids de la fuite, la masse additionnée des jours et des nuits. L'enfant se met à envier la machine, parce qu'elle a une ligne à suivre, peut-être, aux confins de la voie ferrée.

Benoît tâte ses bras, son ventre. Il se perd en hypothèses, pose des équations impossibles. Le psychologue qu'il consulte à Aire-sur-la-Lys lui a pourtant rappelé lors de chaque séance que le monde existe bel et bien, que l'âme est une notion trop floue, et qu'à son âge, de telles questions n'ont pas lieu d'être. Benoît acquiesce. Il n'a envie de contrarier personne. Il veut surtout rassurer ses parents, leur épargner la honte.

À l'approche de la chapelle, l'enfant baisse les yeux. La Vierge l'attend dans son alcôve de ciment. Benoît s'agenouille. Il respire mal, ses pognes sont moites. Il récite une dizaine d'Ave Maria pour se donner du courage. Enfin, il ose s'adresser à l'Immaculée. Il lui raconte ses déboires, ses péchés imaginaires, ses joies minuscules. L'enfant invente des noms, tricote des adjectifs, il appelle la Vierge : « l'Herbe des Pauvres », « la Pluie des Cœurs », « le Charbon de l'Âme », ou simplement, « mon amour ».

Dans son dos passent des voitures, des tracteurs. Benoît ne les entend pas.

3

Une grappe de nuages paresse au firmament. Un cheval de trait, la panse énorme, les sabots crottés, broute dans son enclos. Le garçon marche à travers les rigoles, les crevasses. Une voiture file à toute berzingue sur le chemin cabossé et l'asperge de boue. Il se débarbouille avec une touffe d'herbe mouillée.

Benoît a douze ans. Le cartable sur ses épaules pèse des tonnes. Dire qu'il s'ennuie au collège serait un cruel euphémisme, il s'enlise, s'englue. Le garçon se cultive à sa façon ; il a déjà lu plusieurs fois les Évangiles et truffe ses dissertations de formules inadaptées : « *En vérité, je vous le dis, parce qu'ils n'ont pas cru à la Bonne Nouvelle, les Montagnards et les Jacobins ont eu la tête coupée…* » Au bahut Émile-Zola, ça passe mal. Son père, délégué syndical et communiste pur jus, refuse de l'inscrire au collège des curés, pourtant situé juste en face de la maison familiale. Tant pis. Benoît s'accroche à sa voix intérieure. Imitant François d'Assise, il prend l'habitude de faire ses dévotions debout, face aux collines. Il accueille le paysage entre ses bras. Peu à peu, il trouve sa propre mélodie, un chorus de free-jazz soufflé à bout portant. UN GOSPEL ROCAILLEUX. Benoît chante la cheminée de la fabrique et la corolle des fleurs. Il sait par cœur la parabole du grain de moutarde, celle du semeur et des oiseaux du ciel. Il ne demande jamais de secours pour lui-même, ses suppliques mêlent sans distinction le clébard à la patte brisée, entrevu près de la nationale, la déprime de sa mère, le cancer de son paternel. Le dimanche après-midi, ses pérégrinations s'apparentent à des fugues ; il soulève les barbelés, s'avance au plus clair de la plaine. Les parcelles épousent ses pas.

4

La lumière strie les planches de la remise. Dans l'ancienne pissotière reconvertie en entrepôt de jardin, Benoît se cache pour lire. Le tintement du clocher lui parvient, étouffé comme le grelot d'un lépreux. L'air est chargé de remugles. Au milieu des outils, bêche, râteau, serpe, il relit l'Évangile de Luc. C'est de loin son préféré, avec le Magnificat, la Visitation et le cortège des femmes qui escortent le Nazaréen en portant des cruches d'eau et des paniers remplis de dattes. Benoît se cache pour ne pas incommoder ses parents et pour se reposer un moment de la marmaille, ses frères et sœurs qui trépignent du soir au matin, de la cave au grenier. L'Évangile l'emporte sur des sentiers couleur de cassonade. Au fil des pages, au gré de l'encre, s'envolent des paroles inouïes.

Là-bas, les poissons ont les écailles luisantes, le soleil reflété par la cuirasse des légionnaires gifle les murs. Les larmes d'une mère dévalent une colline, les aveugles renaissent à la clarté. Là-bas, les malades sont portés aux nues, les chômeurs sont protégés, les bourges restent devant la grille du paradis. Le ciel est à la portée des mains blessées, les enfants rêveurs ne sont pas réveillés à coups de règle en bois. Là-bas, un homme en majuscule marche parmi les hommes, un amour trop lourd au fond de la poche. Ses bras sont immenses, son cœur est un terrain de foot, sa joie est une rivière. Là-bas, tout est en ordre, la mort est apaisée, la vie est sans contour, le commencement succède à la fin.

LA LUMIÈRE PAVOISE. Le ciel roule ses dernières billes de brume, un reste de grisaille finit par abdiquer. Les rossignols piaillent aux branches des saules ; l'eau tiède dans la bassine de fer éclabousse le torse nu des enfants. Un pistolet à bouchon dans la main d'un jeune écervelé est la seule menace à l'horizon. La cour est cernée de briques, les murs, le sol. La vieille pompe du puits arrose les failles où orties et chardons ont pris leurs quartiers d'été. Benoît esquive un jet d'eau, apaise une dispute entre ses deux frangins, retire de justesse un escargot martyr des mains de sa sœur.

Une silhouette se penche et se relève derrière le carré de salades. Benoît s'avance, en prenant garde à ne pas piétiner les radis à l'étroit dans leurs corsets de terre. Son père sarcle les racines de chiendent, ses lunettes menacent de tomber à chaque coup de reins. Sa moustache broussailleuse empêche la transpiration de rouler à ses lèvres. Ses cheveux ont la blondeur du colza en avril. Le sourire crispé par l'effort, il ressemble à un fossoyeur bienveillant. Benoît perçoit son souffle, régulier. Le père s'arrête de bêcher, son visage, émacié par la dernière chimio, s'illumine. Il tend à son fils une brassée de feuilles de rhubarbe. Le garçon brandit l'opinel qu'il a reçu pour son anniversaire, décortique la rhubarbe à la base, réserve la chair pour la confiture.

Ce qu'éprouve Benoît à l'endroit de son père n'a pas de nom. Il est le tuteur de noisetier, la rigole creusée pour irriguer les jours, le cordeau de filasse qui délimite la terre. Quand il récite le Notre Père, c'est le visage du sien qui s'anime sous ses paupières.

Sa mère, en bas des escaliers, son tablier autour de la taille, lui adresse un signe de la main. Benoît remonte la haie d'épineux et récolte les framboises. Il s'écorche les avant-bras, chasse les merles dont l'impudence en cette saison est proverbiale. Benoît se hâte vers la maison. Il passe la *wassingue* sur le carrelage. Il goûte l'humilité des tâches ingrates, des gestes rabâchés. Son bonheur est complet lorsque sa mère, libérée du joug, s'évade, les coudes sur la table de la cuisine, en parcourant des romans de plage aux intrigues ficelées d'un ruban rose. Bovary du borinage, fée du logis sans baguette magique, maman s'ennuie et se résigne.

Pour la famille, les fins de mois sont souvent en pente raide; cependant, la misère a toujours été repoussée au seuil de la maisonnée. Le père travaille comme agent de maintenance dans la raffinerie de sucre betteravier. La mère fait des travaux de couture, doublures de rideau et taies d'oreiller, sur une vieille Singer à pédale. Les dimanches s'épuisent au roulement de la courroie du pédalier. Les gosses sont devant l'écran. Le père lit *L'Équipe* assis sur le canapé, un tas de Lego et de Barbie à ses pieds. Il suit les exploits du Racing Club de Lens. Deux ou trois fois par an, il va au stade Bollaert avec son fils aîné. Benoît ne s'intéresse pas vraiment au match, subjugué par l'écharpe sang et or de son paternel qui beugle *Les Corons* avec la fanfare du virage ouest.

Dans la salle de bain. La boîte de pilules. Les roses, celles du soir. Le midi, ce sont des gélules bleues. Désormais, Benoît consulte un psychiatre, tous les quinze jours, à l'hôpital de Saint-Omer. Le diagnostic est confus : légère distorsion du réel, tendances schizophréniques, soupçons de bipolarité. La posologie, par contre : un grand verre d'eau et quelques pastilles multicolores. Le garçon gobe avec docilité le discours du psychiatre et les anxiolytiques.

Allongé sur le lit de sa chambre mansardée, il écoute Nirvana comme tous les adolescents d'Occident, en l'an de grâce mil-neuf-cent-quatre-vingt-douze.

Prends ton temps, dépêche-toi, le choix t'appartient, ne t'attarde pas. Repose-toi, comme un ami, comme un vieux souvenir…

Benoît ne sera pas une étoile du rock'n'roll. Il ne se suicidera pas au bout du refrain. Il cherche une étincelle pour allumer sa vie, la brûler à pleine cire.

5

Les corons sont muets. La sirène de la caserne des pompiers déchire la nuit. L'aube éclot dans un râle. Les câbles des pylônes tracent un maillage suspendu, où les corbeaux viennent sans bruit se poser. Les gamins ont laissé leurs mobylettes au garage, découragés par le froid.

Benoît est seul à défier la bise, ses cheveux sont humides, son haleine fuse en épaisse cotonnade. Personne ne s'inquiète de cette silhouette, livrée au vent, arpentant les artères du coron : ce n'est pas un assassin, c'est le neveu de Louise, un garçon comme il faut, mais dont on est bien content qu'il soit le fils d'un autre. Les portes s'écartent pour accueillir le jeune pèlerin. Ce dernier accepte volontiers la traditionnelle tasse de café, un jus noir, réchauffé au fur et à mesure et adouci au sucre candi. On tasse bien avec la chicorée par-dessus et on se met à creuser les souvenirs. Benoît possède le don de faire parler les ménagères timides, de récolter les confidences des vieux mineurs au souffle court, des filles qui voudraient ne rien dire de leurs émois, des petits marles qui roulent des mécaniques en astiquant les chromes de leurs bécanes. Le jeune homme est chez lui dans chaque foyer, ses vacances à Loos-en-Gohelle passent comme un battement de cœur. Tante Louise a depuis longtemps renoncé à le garder à la maison, elle laisse son neveu partir à l'aube, revenir le temps d'une assiette chaude à midi et repartir jusqu'à la fin du jour. Le soir venu, elle profite de cet astre tombé au milieu des terrils, dont le mutisme est porteur d'une si douce mélopée. Benoît se tait. LE MONDE REMUE DANS SON SILENCE.

À l'écran, le journal de la nuit. Des colonnes de nègres trébuchent sur des sentiers jonchés d'ossements – les grands lacs, les casques bleus, le reflet des machettes.

Benoît ne saisit pas l'ampleur du drame, l'humanité en faillite. Il se lève, embrasse sa tante sur le front. Il insiste pour faire la vaisselle, ferme les persiennes, prend ses médicaments et monte dans sa chambre.

L'après-midi, il passe chez son copain Rudy. Danielle, la mère, lui ouvre et, sans même demander, réchauffe le café. Elle montre à Benoît ses dernières peintures. Depuis qu'elle est veuve, elle s'est mise à badigeonner des bouts de carton ; ses gestes se sont affirmés au fil des années. Elle invente la Provence, s'inspire de photos découpées dans des magazines : des moutons en estive, des ifs ployant sous le soleil, des moulins à huile. Jamais elle n'aurait l'idée de peindre les terrils, ce serait impudique.

À peine la porte franchie, Rudy s'ébroue. Les deux copains remontent l'allée du coron, un chien grogne sur leur passage. Rudy le menace du poing, Benoît lui sourit.

Dans son garage, Renaud est plié en quatre devant sa bécane, ses longues dreadlocks rousses frôlent le ciment. Il tend le coude plutôt que la main ; ses pognes sont tellement noircies de cambouis qu'on ne distingue plus ses ongles. Il exhale un bouquet déconcertant d'huile de vidange, de shit et d'eau de Cologne. Aux murs, des posters de playmates à califourchon sur d'énormes cylindrées. Pour emprunter l'une de ces pétoires, il va falloir en passer par l'interminable conférence technique. Renaud décapsule une canette avec son briquet, rallume son joint. Il s'adosse au meuble qui croule sous les outils, les bouteilles vides, les cendriers.

« Le problème, t'as vu, c'est les clapets… tu peux toujours t'amuser avec un piston d'75… mon gars, quand ça chauffe, t'es mal… moi, j'y ai mis un pot Ninja, comme ça, j'suis peinard… »

Renaud trace des gestes aériens, ses mains sont des guidons, ses prunelles des phares. Enfin, il s'arrête, écrase son mégot.

Soixante kilomètres à peine séparent le coron du Mont des Cats. Benoît s'agrippe aux hanches de Rudy, la mobylette file parmi les rigoles, les plaques de verglas et les épluchures de nuages. Benoît prie à chaque virage, enchaîne les oraisons : « Dame des chicanes, Dame des lignes blanches, des zébras et des ronds-points, priez pour nous ! Ne laissez pas nos jeunes caboches cogner sur le bitume ! »

TCHEEEEEK ! RASHHHHH ! VLAM ! CRUUNCHHH !

Autant de mal que de peur. Contusions, fourche tordue, guidon en vrac, genoux qui saignent.

« Putain de bordel de chiasse ! »

Rudy lâche une bordée d'injures. Les insanités apaisent un temps ses égratignures. Il attrape la main de Benoît, le soulève dans l'air gelé. La nuit approche. La mobylette n'est plus qu'un amas de ferraille.

Rudy s'époumone, maudit la boue où ses baskets ont pris racine. Il crache contre le vent. Le jeune homme se calme en évoquant la mer. Il échafaude sa vie comme un chantier naval : il sera marin, un mec de cordages, de bastingage, contemplant l'éternité en allée avec un soleil ivre mort. Autour de lui, s'étalent les fusains et la plombagine des tableaux de Permeke. Le jeune homme rêve d'îlots imprenables et de larges aplats. Il rêve de Gauguin.

Au fil de la route, les arbres ressemblent aux spectres froissés d'un music-hall. Les fossés sont blancs de givre. Le marquage au sol est invisible. Les flacons tombent en plénitude.

Benoît assiste son camarade pour convoyer les restes de la mobylette. Il ne sait pas si la mer l'attend, il ignore la destinée que les tarots jetés sur la neige ont imaginée pour lui. Il respire une présence incommensurable, savoure la joie d'être là, grelottant, angélique, frappé du sceau de la douleur. Benoît laisse s'engouffrer dans sa bouche les flocons, les kilomètres. Le bitume est son bouclier, il n'a plus rien à craindre. La route le baptise sous sa voûte végétale. La chapelle des enfants blessés.

6

« Les couilles au poteau ! Les couilles au poteau ! »

La cour s'anime de voix stridentes qui couvrent la sonnerie de la fin de récréation. Derrière les marronniers, un gosse maigrichon est ceinturé, tabassé, porté dans les airs par quatre gaillards au visage acnéique. Après avoir écarté les jambes de la victime et pris suffisamment d'élan, on lui écrase les testicules contre un pilier du préau, puis on largue le corps vaincu sur le ciment. Les pions, alertés par les hurlements, éteignent leur cigarette en maugréant. Les bourreaux s'esquivent, mine de rien.

Joseph est au sol, il se contorsionne, les mains crispées sur son entrejambe. Il s'est mordu la langue, de sa bouche dégouline une bave rouge. Quelque chose déraille. Les spasmes se font plus violents, les yeux se révulsent. ÉPILEPSIE.

Benoît s'approche, il a reconnu les symptômes du haut mal. Il s'accroupit, sort une règle de bois de son cartable et l'enfonce à travers la mâchoire soudée. Le séisme s'apaise. Les pions, les infirmiers, les spectateurs et les bourreaux vaguement inquiets font cercle. Joseph respire à petites goulées douloureuses. Benoît l'aide à se relever. Joseph le fixe de longues secondes, avant de lui cracher au visage un mollard ensanglanté.

« Lâches ! Bande de lâches ! Vous êtes tous des lâches ! »

Joseph invective la cour entière. Les surveillants, furieux, l'accompagnent au bureau du proviseur.

Lâche ! Benoît est anéanti. Ce jour-là, il jure de ne plus tolérer l'outrage. À chaque dispute, il s'interpose, prend des coups, encaisse, soutient les faibles, tient tête aux brutes. Au fil des mois, la cour s'apaise, les querelles se règlent plus volontiers au football, l'infirmerie économise pansements et mercurochrome. Benoît devient le bon samaritain des préaux, tous les souffre-douleur, les brebis galeuses, les fayots menacés de rétorsion lui font cortège. Le jeune homme découvre sa force paradoxale. En classe, par contre, c'est la Bérézina, Trafalgar et Waterloo réunis. Ses notes sont tellement passables qu'elles finissent par ne plus passer. Il est orienté vers un Dispositif Relais, l'école de la dernière chance.

Il y a des gens bien là-bas : Gilles, l'anarchiste à la voix douce ; Célia, qui trouve les mots entre les failles ; Natacha et ses leçons de yoga pour redresser le monde ; Marianne, venue de l'Estaque, le mistral sous la langue. Cela ne suffit pas. Benoît décroche. Il a quinze ans. Devant lui se dresse un mur de sigles sans fin. Les acrostiches de la mouise.

CLIS-IME-SEGPA-RASED-CAE
-CAT-CAP-BEP-DIA-FI-CAR-
DSD-PJJ-JAF-TIG-MAJ-SPIP-
CAF-ASSEDIC-CDD-RMI-DRASS-
FAJ-FAM-CAMSP-HLM-IPP-SMIC-
HDJ-COTOREP-DSS-ETTI-HO-
MAS-AME-AAH-TRACE-AER-
PARE-AJPP-AFR-ALS-ASR-ASS-
ZEP-ZUP-ZEB-ZOB-ZAP-ZUT-

À seize ans, Benoît se fait embaucher dans l'usine de son père, comme intérimaire. Il surveille les immenses cuves où sont broyées les betteraves, décrasse les filtres d'acier. Le jeune homme se montre consciencieux, il est titularisé. Il se syndique, simple réflexe de classe. Son père en pleure de fierté. L'argent qu'il ramène à la maison enrobe l'ordinaire, la marmaille est couverte de sucreries. La vie est un long fleuve, presque tranquille.

7

Les cloches de l'église battent à toute volée, le soleil rebondit sur l'ardoise de la toiture, chauffe les vitraux jusqu'à l'incandescence. Dans la nef, les gamins qui ont contenu leurs gesticulations et le gargouillis de leur estomac courent dans les travées, tirent leurs parents par la manche.

Benoît est immobile, les paupières cachetées. Les genoux sur la dalle, tête inclinée, il digère l'hostie, la part d'éternité que le prêtre a déposée entre ses lèvres. Pendant la messe, son père est resté sur le porche. La piété de son fils le rend fier et l'inquiète. Mais hors de question de le renier. Si Benoît chante l'Internationale sur l'air du Salve Regina, il n'oublie pas d'où il vient, de quel charbon se chauffent les gens d'ici. Le père remonte la nef, regarde son fils se lever avec lenteur, délier ses muscles et se signer une dernière fois, les yeux rivés à l'autel. Benoît est presque un homme, il se rase la barbe pour qu'elle repousse plus dru, son corps est vigoureux, sa démarche sereine.

Les gosses s'agitent devant le porche.

« Maman, dépêche-toi, regarde, ils sont tous devant la baraque. Benoît il mange pas de toute façon. Il jette ses frites aux lapins. Pourquoi qu'on l'attend ? Y fait chier lui ! »

Au milieu de la place, posée entre deux bandes blanches sur le parking, exhalant un nuage de fumée grasse, la caravane aménagée cristallise la faim de tous. Le curé a exhorté le marchand de frites à ne pas vendre d'alcool le dimanche, anticipant tout débordement. Les villageois ont la parade : les coffres des voitures sont remplis de bières presque fraîches, Jupiler pour le commun, Westmalle Triple ou Chimay pour les fines gueules.

Cet après-midi, la foule ne se disperse pas. Les Gilles de Binche arrivent ! Arlequins du plat pays, ils ont passé le Quiévrain, effacé la frontière. Ils arrivent, avec leurs tuniques multicolores, leurs chapeaux à plumes d'autruche, leurs besaces pleines d'oranges et de noix, leurs ventres rembourrés à la paille de seigle. Grimaçants et joyeux comme les squelettes d'Ensor, grelots aux pieds, les voilà qui arpentent le royaume d'enfance. Si Benoît préfère la procession du mois d'août, où il porte sur ses épaules la châsse de la Vierge, il ne peut rester insensible à l'allégresse qui bourdonne.

« Les Gilles sont là ! »

Anita, la petite sœur, devient une toupie incontrôlable ; elle ramasse les noix sur le sol, se crêpe le chignon avec ses copines, mange les oranges avec leurs pelures, tourbillonne, troue l'azur de son rire haut perché.

Les majorettes s'avancent, au tempo déglingué de la fanfare municipale. Se déploie sur la place un carnaval doux-amer. Tubas, trompettes, trombones, tambours, ça swingue, ça bastringue, pour un peu on se croirait à La Nouvelle-Orléans !

Benoît rejoint de vagues copains près d'un banc public. Les petits mâles matent les gambettes, tentent de dénicher quelques millimètres de tissu à l'entrejambe, sifflent en vrais marlous. Les parents, les babines attiédies par le houblon, les couvent d'un œil bienveillant. De l'autre côté de la place, Benoît aperçoit Stéphane qui lit, imperturbable. Le front grave, le jeune homme décortique un pensum de Karl Marx. À l'approche de Benoît, il relève la tête et tâche de sourire. Les deux adolescents se mettent à discuter. Stéphane est un oiseau rare. Il a toujours été le premier de la classe. Il prépare Sciences-Po. Les filles adorent sa gaucherie, les mecs admirent ses dribbles d'avant-centre. Stéphane est enfant de la mine, fils du schiste. Il a morflé sur tous les tons, il connaît la comptine du ceinturon, la vaisselle brisée, les contes de la folie ordinaire à en bouffer le papier peint. La conversation s'anime. Benoît écoute, donne son avis, cherche un compromis. Le débat est sans fin : la croix ou la guillotine, Saint-Just ou saint François d'Assise, le temps des rameaux ou celui des cerises.

La voix de Stéphane s'amenuise, presque inaudible sous le brouhaha des cuivres.

« T'as su pour Joseph ? Noyé. Dans la baignoire. Une putain d'crise. C'est ma mère qui m'l'a dit, elle était à l'hosto, vendredi, pour… »

Stéphane n'a pas besoin d'achever sa phrase. Benoît adresse un signe de main qui dit l'adieu. Il marche à travers les rues. La musique dans son dos devient rumeur.

LA CAMPAGNE L'ACCUEILLE. Les troènes se penchent, la terre épanche ses larmes. Parce qu'un ange s'est noyé, parce que le ciel d'ici est un couperet, Benoît saisit un rameau pour dessiner dans la poussière son plan de bataille.

8

Le tocsin se mêle au crachin. Un nuage vient s'éventrer à la cime du peuplier. Les gouttes de pluie étranglent la gouttière, un métronome palpite contre les tuiles. Benoît scrute le jardin. La mélodie sur le toit l'étouffe. Un garrot serre sa gorge. Sur la buée de la vitre, des dessins naïfs, tracés à la pulpe des doigts.

Papa est mort hier soir ou bien hier matin, seul l'écran et ses mystérieuses oscillations pourraient le dire. Benoît aimerait penser que son père s'est éteint, comme un cierge au fond d'une crypte. Une odeur infâme agresse sa mémoire. La pluie diminue, le silence entre les gouttes est bien plus qu'un soupir.

Lorsque son père est entré en soins palliatifs, Benoît a vu ce qu'il fuyait depuis tant d'années : l'accomplissement de l'ombre, l'ombre d'un corps déserté par la vie, un corps désertique, nu, lacéré d'épingles et de crocs de synthèse.

Le jeune homme a puisé dans son cœur assez de force pour disperser la pourriture. Il a contemplé son père. Sa fière moustache devenue rêche, ses lunettes, posées droites sur son nez, pour la première fois. Son regard où la dignité avait trouvé refuge. Ses yeux d'Irlande libre, de grand palais d'Hiver. Ses yeux d'ouvrier.

À L'HÔPITAL. La ligne sur l'écran s'immobilise. L'espace d'une seconde, Benoît croit reconnaître, derrière le sas de sécurité, le Nazaréen vêtu d'une blouse blanche qui sanglote dans les bras d'une infirmière.

À la maison. Le peuplier est effacé par la nuit. Benoît ne trouve plus les mots. La prière reste stérile dans sa bouche. Le jardin est un songe. Il se concentre sur le roulis des gouttes. Croche, double-croche, noire. Maman pleure dans la salle de bain, elle a fait couler la douche, ses larmes épousent le ruissellement de l'eau. La marmaille innocente dort sous la couette. La pluie perce le toit. Une Gnossienne pleure contre le carreau.

Benoît avale ses cachets du soir. Il traverse la cuisine, la salle à manger, sort dans la cour. La pluie. La lune en quartier. Il n'a pas pris de blouson, le vent chasse les larmes de ses joues. Il fait noir. Il trébuche. La cabane de bois. La bêche au large manche. Il s'avance au fond du jardin. Il enfonce le fer dans la terre gluante. La pluie redouble sur ses épaules. Il soulève les lourdes mottes, les projette dans la nuit. La pelle s'acharne, ses bras sont durs. La sueur, les larmes, l'averse se confondent. Il creuse. Il veut toucher le fond, l'issue de secours. La prière naît de ses mains qui s'abîment, de ses jambes arc-boutées, de son cœur qui cogne, de son souffle qui grimpe aux branches du peuplier. Il s'agenouille, ses doigts agrippent la glaise, la ramènent à sa bouche.

Une lumière s'allume à la fenêtre de la cuisine. Benoît se relève. Sur ses épaules, la bêche, un quartier de lune et un destin en jachère.

9

Le ciel n'annonce rien. Le soleil se planque derrière un gros nuage à tête de bélier. Les rhubarbes sont montées en fleurs, leurs ailes pèsent sur le sol. Le chiendent a eu raison du carré de salades. Pissenlits et orties se sont rendus maîtres de la cour.

Benoît a honte de ne pas parvenir à reprendre cette part de l'héritage paternel : la terre, fruste et généreuse. Mais le temps coince. Avec les trois-huit à la fabrique, les heures supplémentaires à la laiterie le week-end, les gamins qui ne semblent pas vouloir grandir, et sa mère, toujours entre goguette et dépression.

Benoît ouvre une grande bouteille de bière Goudale, vertige de mousse légère et de bulles ambrées. La grille de la cour grince. Le baiser de sa mère a des relents de gin et de tabac brun. Elle ramène un verre à moutarde de la cuisine et le remplit à ras bord. Son visage est chaviré d'une joie précaire, elle veut causer. Benoît n'a pas grand-chose à lui dire. Comme tout le monde à des kilomètres alentour, il sait déjà. Depuis des semaines, les ragots remontent des canalisations et se déversent aux portes de l'usine. Sa mère s'est amourachée de Paul, dit aussi Popol, ou encore « Ch'pylône ». Un gars d'Oignies, un métallo paresseux.

Benoît détourne les yeux. Sa mère vide sa bière d'une traite. Elle sort un paquet de tabac, se roule une cigarette. Benoît chasse la fumée de son visage, monte le son de la télévision.

L'ÉCRAN S'ENCHANTE. Antoine Doinel s'extirpe d'une vie en noir et blanc, envoie bouler son passé d'un coup de pied frondeur.

Pas moyen de suivre le film. La mère au coin de la table insiste, l'asticote.

« Est-ce que tu te touches au moins ? Une petite vidange, des fois, hein, dis-moi ? Tu vas tomber malade, tu le sais ça, Benoît ? Réponds-moi. Tu le sais ça, que tu vas tomber malade ? J'm'inquiète parce que j't'aime, c'est pour ça. Mon chéri, j'veux pas, moi, qu'tu tombes malade, ben non, j'suis ta mère, j't'aime, ben oui… » La voix rendue suraiguë par l'alcool se fait crécelle. Benoît passe dans la salle de bain, ouvre l'armoire à pharmacie, avale quelques pilules au hasard. Il dissimule la boîte de cachets dans sa manche. Dans la salle à manger, sa mère essuie une larme et finit la bouteille.

Benoît rassemble ses affaires. Il n'a pas de valise, il remplit sa sacoche de collégien : quatre slips, autant de paires de chaussettes, son Évangile, son opinel, son pilulier, une lampe de poche, l'écharpe de supporter de son père. Il prend dans le haut de l'armoire un duvet de camping qu'il noue avec une ceinture. Il soulève une latte du plancher, sort une enveloppe qui contient un an de salaires au noir à la laiterie du bourg. Il hésite, ouvre l'enveloppe. Il ne garde que cinq mille francs. Une jolie somme pour un garçon qui méconnaît le monde.

Benoît va s'endormir. Au rez-de-chaussée, un bruit de vaisselle brisée. Un corps chute et se relève. Un rêve s'élance.

10

Les premiers battements de l'aube. Benoît se penche à la fenêtre qui lui révèle le désastre du jardin. Il redoute que sa mère ne soit encore affalée à la table de la cuisine. Il descend les marches de l'escalier, un ronflement derrière une cloison le rassure. Il débarrasse les restes des saouleries de la veille, aligne les bols de céramique, la boîte de chocolat en poudre, apprête le beurre, la confiture de rhubarbe, tranche le pain.

Les enfants s'éveillent. Bataille de polochons, cris, branle-bas de combat dans l'escalier. À table, Benoît observe ses frangins se pourlécher les doigts, le visage barbouillé de confiture. Quand sa mère se lève en début d'après-midi, il se planque près des framboisiers, au fond du jardin. Il la voit franchir la porte, vêtue d'une nouvelle robe, les paupières rehaussées de bleu.

Au retour de l'école communale, il passe à l'épicerie, achète une quantité industrielle de carambars, tous les goûts, toutes les couleurs. Il aligne ses frères et sœurs, passe une main triste sur l'ébouriffure des crânes, embrasse les fronts, distribue les sucreries.

Benoît déniche un stylo bille, arrache les pages de son cahier d'écolier. L'écriture est laborieuse ; lui dont la voix capture toutes les nuances ne parvient pas à figer sa pensée dans l'encre. Il recommence des dizaines de fois. Enfin, il se relit, presque satisfait. C'est un poème. Le premier de sa vie et le seul qu'il notera, les suivants seront pour le vent. Il fourre la lettre dans l'enveloppe avec les billets, le tout bien en évidence sur la table.

La grille de la cour grince. Benoît se dissimule dans la cabane du bon vieux temps. À travers le cœur creusé dans la planche, il regarde passer sa mère. Elle s'est démaquillée ou bien elle a pleuré, un vestige de rimmel coule à ses paupières. Elle ne titube pas. Benoît entend son nom derrière la porte à plusieurs reprises. Il sort de la remise, farfouille dans sa sacoche, hésite un instant et déverse la boîte de médicaments au milieu du tas de purin ; les petites gélules roses et bleues se mêlent au fumier. Il accélère vers la grille. Le jour tombe en vrac sur la campagne. À l'intérieur, maman, prise d'assaut par les gosses, n'a pas encore remarqué l'enveloppe sur la nappe cirée.

Le poème de Benoît est d'une pureté sans faille. C'est un psaume de fer-blanc, le chant d'un bagnard évadé. UNE CAVALE SPIRITUELLE. Les fautes d'orthographe ont été corrigées à l'imprimerie du ciel.

Maman, la nappe est propre
Il reste du pain, du beurre un peu
Je suis parti avant le soir
Parce que le soir tu me fais peur
Je pense à toi en pleine lumière, avec le savon, avec le jour
Voici l'enveloppe, il y a beaucoup d'argent dedans
J'ai bien travaillé maman
N'aie pas honte de moi, n'écoute pas l'eau sale qui coule
Moi j'ai bouché mes oreilles depuis longtemps
Le travail t'attend maman
L'argent c'est important pour les gosses surtout
Faut qu'ils poussent bien
Comme les radis, comme la rhubarbe
Ils sont beaux nos enfants, maman
S'il te plaît, quand tu auras le temps, occupe-toi du jardin
La nuit, quand j'ai peur de toi
Je regarde à la fenêtre et je vois papa qui bêche
Rassure-toi, je pars pas trop loin
Je t'enverrai encore de l'argent
Et tout l'or de mon cœur pour toi
Dieu existe, maman, il bêche pour nous.

II

Aldebaran

(là-haut, rosaire des ruines, la pluie s'impatiente, un pressentiment, épouvantail de peine, l'accueil des urgences, une usine de nuit, voici la terre, le Maître veille)

0

Il y aurait tant à dire sur cette terre, on pourrait la bêcher, la rabâcher sans jamais en épuiser l'arôme. Jadis, elle fut un royaume où vibrait une humanité en alerte permanente. La coopérative des cœurs ne baissait jamais le rideau. Les givres de Pologne, les bruines de Belgique, les sables du Maroc fondaient un climat sans pareil. C'était une drôle de ducasse, avec des fusillades, des gaufres, des grèves, des luttes à n'en plus finir.

Café bouillu, café foutu. Les temps changent. On dit que les loups sont aux portes des mines, qu'ils encerclent Hénin-Beaumont, Harnes et Carvin. On dit ça, mais Benoît n'entend pas. Des voix l'appellent, par-delà les plaines et les autoroutes, la voix des anges, celle des ancêtres. Benoît n'abandonnera jamais le Nord, il le trimballera dans son accent, la poche de son blouson, comme un fossile vivant, le témoignage de ce que furent les temps d'avant les loups.

1

Il libère le chapelet de sa poche, l'enfile autour de son cou. La sueur roule sur les billes de bois, son pouls s'emballe, ses souliers délaissent le goudron pour goûter à la rugosité des labours. LÀ-HAUT. Voici que son âme s'égaille à la branche d'un bouleau, voilà qu'elle traverse le catafalque d'un nuage. Son être est un point minuscule parmi l'immense cadastre des terres. Les villages s'avancent, grain après grain, le chapelet tressaute : Mametz, Morbecque, Hazebrouck, Houdain, Bruay-La Buissière, Steenvoorde, Straazelle, Cassel, Douchy-les-Mines, Haverskerque, Le Doulieu.

Le crépuscule réconcilie les couleurs. Les miroitements d'un étang où la lumière du jour a trébuché. Les grenouilles trouvent l'heure propice. Benoît n'est pas seul ; à quelques mètres de lui, un homme agite ses bras au milieu des roseaux, harangue les reinettes qui redoublent de coassements. L'homme porte un vieux perfecto de cuir, des lunettes d'instituteur, ses cheveux blancs filent dans l'air, en aigrettes de pissenlit.

« Garnoulle ! Garnoulle ! A l'coyette din l'iau et din l'berdoulle, avec eut'bouque eud'ducass noirte... »

Benoît ne parle pas la langue ancestrale, mais son oreille est familière des voyelles écrasées et des consonnes râpeuses.

« Garnoulle, min comorate, din l'fabrique d'eut'mare. Quint y quéiot enn' drache t'éto bénache comm' eune glaine muchée din l'palle. »

Le type se retourne en souriant.

« C'est un poème que j'ai écrit, ce matin. J'crois qu'ça leur plaît bien. »

Sans plus d'explication, le bonhomme s'éloigne, heureux d'avoir accompli sa tâche de poète ordinaire.

Benoît a faim. Une petite fringale. Il tâte ses poches : deux carambars ont échappé à la voracité de ses frères et sœurs. Il scrute l'emballage avec sa lampe de poche. *Qu'est-ce qui est tout petit, vert, qui monte et qui descend ?*

La réponse le laisse perplexe.

Il dépasse une ancienne centrale électrique aux vitres brisées, s'avance dans les broussailles jusqu'à une clairière protégée des regards par un épais rideau de ronces.

Les nuits sont douces, septembre appartient encore à l'été. Benoît, le crâne sur une souche, transpire dans son duvet.

2

ROSAIRE DES RUINES. Bénies soient la terre d'Artois, la terre gluante du Hainaut, la terre sucrée du Cambrésis. Bénis les cieux de Flandres. Bénies la Côte d'Opale, les falaises scalpées par le vent. Bénie la Picardie mentale qui recueille les lueurs orphelines. Bénis soient les houillères, les pétales silicosés, les cokeries muettes, les fosses à purin, les cages à lapins. Bénis les femmes et les hommes d'ici, leurs bonheurs et leurs peines.

Benoît tourne en rond, son parcours est fait de repentirs et de pointillés. Il cherche la nature intacte, devenue rare en ces contrées où les zones d'activité balisent la campagne. Magasins préfabriqués, carrés de tôles abritant les mêmes enseignes : marques de pauvres, primeurs fades déversées à la tonne. Les premiers temps sont une bohème sympathique. Le jeune pèlerin contemple les constellations dans la nuit claire. Il se lave dans les relais routiers du bord de la nationale. Ses chaussures résistent plutôt bien. Le vent ramène des sillons la puanteur infernale de l'engrais qui fait des betteraves des monstres à chair ferme. Benoît qu'aucune cloison n'abrite se coltine les pires relents ; la nausée l'agrippe au détour d'un bosquet. Il dilapide son argent, remplit le tronc de toutes les églises sur sa route. Jamais le diocèse d'Arras ne fut aussi prospère qu'en ces quelques semaines. Il ne trouve pas de mendiant à qui faire l'aumône, il a bien pensé à acheter des bonbons pour les gosses des alentours, mais les journaux se font l'écho des horreurs de Charleroi et son comportement serait suspect.

Un après-midi, près de Valenciennes, dans un estaminet qu'il pensait discret, le pèlerin repose ses jambes raidies par la marche, en sirotant un lait fraise. Sur le zinc, quatre gaillards s'animent devant leurs pintes de bière. Le téléviseur au-dessus du comptoir retransmet la grande marche blanche. Bruxelles est un champ de chrysanthèmes. Benoît est incapable de se représenter le Mal à un tel degré, le deuil de tout un peuple. Au bar, la discussion embraye sur un fait-divers étrange. Le week-end dernier, Lille et Valenciennes se sont affrontées au stade Grimonprez-Jooris dans un derby de football sous haute tension. Valenciennes a bien sûr remporté le match. Le lendemain, dans une cage du zoo municipal, le gardien de la ménagerie, sous le choc, a découvert les restes calcinés d'une girafe et d'un zèbre, à moitié dévorés lors d'un barbecue à la bonne franquette. Un fanion de supporter a été retrouvé près du massacre. L'article du journal ne précise pas la couleur de l'étendard. Pour les clients du zinc et la patronne qui essuie les verres et les postillons, c'est forcément des Lillois qui ont fait le coup, ces jaloux, ces sauvages.

À ce moment de la conversation, l'un des gars se retourne, un costaud avec des rouflaquettes et des pognes de métallurgiste. Il toise Benoît et lance à la cantonade :

« Dis donc, ti, enfant d'salaud ! Tu sais qu'ta mère s'inquiète ? T'as pas vu les affiches avec ta trombine tout partout ?! »

Les autres s'en mêlent, mi-courroucés, mi-amusés.
« Ah c'est ti, min cochon ! Tu crois qu'on n'a pas assez d'malheurs avec les gosses en c'moment ?! »

La patronne ajoute son grain de sel : « P'tit fumier, va ! »

Benoît se lève, la mine déconfite. Il a beau fouiller sa mémoire, il ne connaît pas cet homme qui l'interpelle. Peut-être un ancien collègue de son père... Il pose ostensiblement la monnaie sur la table et se dirige vers la sortie.

« Réjouissez-vous, m'sieurs-dame ! Dites à ma mère la bonne nouvelle : je rentre bientôt ! »

Benoît sort du bistrot, court dans la rue, bifurque à droite, à gauche. Sur le tronc d'un saule pleureur, il découvre une feuille de papier punaisée à même l'écorce. Une photo de lui, pas très récente. Un appel de détresse, un numéro de téléphone. Il arrache l'affichette. Il songe à rentrer à Amettes, au moins à appeler sa mère. Non. Il écrira une lettre, bientôt. Il fait un tour du quartier. D'autres affiches, aux vitres des cabines téléphoniques, sur les arbres, sur les briques. Benoît a la maigre satisfaction de constater que les publicités pour le minitel rose sont systématiquement recouvertes.

À l'angle d'une rue, il remarque une jeune fille à la peau noire, avec de fines tresses sur la tête, une robe jaune et des souliers vernis. Elle porte un rouleau de papier sous le bras et une lourde agrafeuse en acier à la main. Benoît l'observe qui placarde une affichette sur une boîte aux lettres. Il s'avance, les yeux baissés. Les chaussures vernies s'approchent. Un parfum, fleur d'oranger et vétiver, l'oblige à relever la nuque. Il contemple la face noire, les sourcils en guillemets soyeux, les lèvres pourpres et les prunelles, citadelles de Tombouctou. Sans crier gare, la jeune fille le serre dans ses bras.

« Tu es vivant ! J'ai eu si peur. J'ai vu une affiche, une fois, près d'Isbergues, chez ma tante. Je t'ai trouvé si triste, si perdu. Mon frère, tu es vivant ! »

Benoît est tétanisé. Le vétiver, l'oranger en fleur, l'Afrique l'enivrent. Il bredouille, sa langue froissée comme une boule de papier.

« Ma petite sœur. Ne pleure pas. Tout est bien qui commence bien. Ma mère est chez elle. Moi, je suis ici, avec toi. Tu peux arrêter de m'agrafer comme ça, partout, ça sert à rien. Je t'aime, petite sœur. »

N'importe quoi. Benoît dit n'importe quoi. Comment lui en vouloir, qui dit je t'aime à une parfaite inconnue ? La jeune fille dévoile un sourire où s'écrivent déjà des romans merveilleux. Elle jette les affiches dans une poubelle, en conserve juste une, qu'elle plie soigneusement et glisse dans le décolleté de sa robe-soleil. Rien d'autre n'advient entre ces deux étrangers, césures d'un même quatrain. La demoiselle s'en retourne et Benoît retrouve peu à peu le sens de l'équilibre.

Toute la journée, le souvenir de la jeune fille, chaste et fraternel, occupe son esprit. La nuit, ses songes n'ont pas la même pruderie. Le sommeil est un dépotoir sauvage où s'échouent des images hors de contrôle : des chevelures éparses, des épaules que dénude le vent, la plage, la mer, un phare – toujours ce même rêve, languide et flou.

Benoît déborde de jeunesse, sa chair est vive. Devant une silhouette chaloupée, un chemisier vaporeux, sa verge parfois se dresse. Le garçon ne s'arrache pas les yeux pour autant, il se contente de les clore et le trouble passe sous ses paupières. Benoît est puceau. Benoît est sensuel. Il embrasse et étreint le monde avec une intensité inouïe.

3

Il s'étire, il a dû s'endormir puisqu'il ne se souvient de rien. L'écharpe de son père autour du cou, Benoît crapahute toute la journée vers ce qu'il croit être le sud. Il lit, sur une pancarte, le nom d'un village dont il n'a jamais entendu parler. Il fait halte, repère une aire boisée. Il scrute l'horizon de fiel noir. LA PLUIE S'IMPATIENTE. Le jeune pèlerin est en première ligne quand la cataracte se répand sur la clairière. Il court, cherche un abri ; les fossés sont submergés, son duvet s'imprègne de flotte, ses chaussures clapotent, la bourrasque frappe ses flancs. Il tourne le dos aux éclairs et raccroche le bitume détrempé de la route.

Un carré de béton au milieu de nulle part. Une station-service. Sur un mur au crépi délavé, les vestiges d'une fresque publicitaire polychrome. La pompe à essence ne propose que du gasoil. Un rideau d'acier ferme la porte de ce qui devait être un garage. D'une petite vitre, calfeutrée par des stores, filtre une lumière orangée. Une clochette tinte. À l'intérieur règne une

« Vous partez déjà. C'est dommage. J'allais vous parler de Bénarès, les bûchers sur la rive, les bouts de cadavre mal brûlés qui flottent dans le Gange quand on se brosse les dents… »

Benoît sourit. La dame le regarde du coin de l'œil. Elle ouvre un tiroir et en sort une boîte en carton bleue.

« De l'encens, du *Nag Champa*, le top de top ! Mon garçon, je préfère vous le dire, vous sentez le chien mouillé, et si j'étais honnête, je dirais le chien crevé. Brûlez une tige quand vous entrez quelque part et vous vous ferez peut-être des amis. Ça fait trente francs. Mais d'abord, si vous permettez… »

La dame retire un bâtonnet d'encens et l'allume avec un briquet. Un parfum de fruits confits monte en volutes dans la pièce. Benoît se soulage encore de quelques pièces, fait tinter la clochette de la porte et se retrouve nez à nez avec la campagne.

4

La carte routière, posée sur l'herbe, s'enroule à la brise, soulève les cailloux disposés à ses angles, virevolte au-dessus d'une clôture, avant de plonger dans un fossé, en contrebas d'un sentier où Benoît urine paisiblement, le visage tourné vers les nues. La carte retirée de l'onde crasseuse est dans un état si pitoyable qu'il renonce à la faire sécher. Il avise son duvet, ravagé par la moisissure, et décide de l'abandonner dans une benne. Benoît a eu le temps d'échafauder un vague itinéraire : il choisit de descendre la départementale, que les gens du coin appellent encore la chaussée Brunehaut. La légende prétend que la reine Brunehilde, réprouvée par son époux, fut suppliciée sur ce qui n'était alors qu'un chemin de terre; sa longue chevelure attachée aux étriers d'un cheval de frise, la souveraine fut traînée à travers plaine, laissant dans son sillage un filet pourpre qui devint le tracé de la route. Benoît s'avance, guidé par un serpentin de sang, visible de lui seul.

Crépuscule. Les formes regagnent leurs états d'ombres. Un arbre suggère un refuge. Il tâte l'écorce. Elle est de bon augure. Il appuie son dos contre le tronc. Le grincement de ses lombaires ne l'inquiète pas. L'écorce aussi grince, la nuit, son dos, un seul grincement. Il triture son chapelet ; les billes de bois à force d'être manipulées ont perdu leurs rondeurs, certaines sont presque ovales, rugueuses entre le pouce et l'index. Benoît songe, avec un peu de vanité, que si Dieu lui prête longue vie, le chapelet disparaîtra par l'usure de ses phalanges. Il y a quelque chose de machinal, ce soir, dans ses litanies. Il est distrait, ses yeux fixent la nuit, contemplent les étoiles ; les constellations passent sous ses doigts : la Carène, la Grue, le Télescope, le Cocher, la Chevelure de Bérénice…

Benoît s'arrête. UN PRESSENTIMENT. Dieu ne lui prêtera pas longue vie. Aucune existence d'ailleurs n'est prêtée, longue ou brève. Il range le chapelet. Il ne dort pas. Ses pieds enflés supplient qu'on les délivre du cuir. Cette douleur est nécessaire ; les pieds, s'ils goûtent à l'air tiède de la nuit, ne voudront plus reprendre la route. Benoît dissocie chacun de ses membres, de ses organes, négocie avec eux. Chaque matin, il persuade ses jambes d'avancer, ses yeux de refléter la lumière, son cœur de s'ouvrir à la beauté. Il dit à ses pieds : « Marchez, et je vous baignerai à la prochaine rivière. » À ses paupières, il clame : « Si vous ne vous fermez pas, je vous montrerai la plus belle des collines. » Quand aucun arrangement n'est possible, Benoît se tétanise et par son immobilité fait comprendre à son corps qu'il préfère devenir pierre plutôt que de jouer les tyrans. Être maître de soi est encore un orgueil. Il n'est qu'un seul Maître, qui règne sur chaque atome, sur l'écorce, sur la pierre. Benoît s'endort. La lune est pleine, son ventre creux.

L'aube s'égosille au chant des corneilles. L'arbre qui cette nuit avait la grandeur d'un porche n'est qu'un chêne à bout de sève, pelé par le vent. Les nuages menacent, la départementale s'étire, un panneau indique que Beauvais est encore à deux jours de marche.

Les premières semaines sur la route, Benoît redoutait la pluie ; il courait se réfugier sous les abribus, les auvents des supermarchés, et quand l'averse s'abattait, il pestait, renfrognait son visage. Il n'était encore qu'un routard délicat, qui inspectait ses chaussures, les décrottait, prenait garde à ne pas maculer sa vareuse en s'asseyant au bord d'un talus. De telles prévenances l'amusent aujourd'hui. La pluie est par lui désirée, les nuages réclamés, le soleil, le vent, la grêle, mais pas la nuit, plus la nuit, ô Seigneur, plus avant ce soir ! Un grand sourire. Le pèlerin aime à croire que Dieu a de l'humour et il se permet de petites galéjades à l'occasion, des demandes absurdes, des suppliques enjouées. Un Maître triste, rien n'est plus douloureux pour le Serviteur. Un Maître qui ne demande plus, n'exige plus, replié dans une mélancolie que ni le vin ni les mets les plus suaves ne peuvent dissiper. Dieu sait rire et le rire l'agrée. Pas de blagues salaces, tout de même ; le jeune homme, à force de les entendre au collège, en sait pourtant d'affreuses, qu'il chasse de sa mémoire au profit d'innocentes boutades.

La pluie coule sur son visage, à ses lèvres entrouvertes. En quelques minutes, le marcheur devient ruisseau, ses grolles se vident et s'emplissent avec un bruit pénible. L'Artois s'éloigne. Paris est loin encore. Il grelotte. Il sent la fièvre qui jappe en chienne à ses jarrets. La pluie fait remonter des relents de lassitude. Benoît loue sa faiblesse et n'exige nulle force.

5

Il s'éveille. Il se lève. Il prie. Il a soif. C'est auprès des morts que l'on s'abreuve. Dans un cimetière en bord de route, il déniche un robinet et boit à s'en faire gonfler le ventre. L'eau donne l'illusion de satiété, évite que l'estomac ne se rétracte. Personne n'a appris à Benoît les gestes de la débrouille ; les Évangiles n'enseignent pas la survie, les petites combines des mendigots. Le pèlerin est un pur autodidacte. Il se nourrit dans les poubelles des magasins préfabriqués. Il attend que les employés ferment la devanture, que la nuit soit pleine. Il s'est confectionné un crochet pointu avec un cintre en aluminium qu'il attache à un bâton. Il pêche dans les grands containers. Au début, il avalait les laitages grumeleux, les viandes blêmes, les avocats noircis. Son manque d'expérience était sanctionné par d'affreuses diarrhées. À présent, il se méfie ; avec son canif, il incise, décortique, épluche. Son régime à base de fruits et de légumes crus est celui d'un cueilleur préhistorique, tout en bas de la chaîne de l'évolution. Pour lutter contre le froid, il glisse des journaux sous son pull. Le soir, il allume un modeste feu de branches mortes et compte sur sa jeunesse pour résister aux frimas.

Un soleil d'hiver à la renverse du ciel distille quelques éclaircies avant de basculer derrière l'horizon. La chaussée Brunehaut s'achève comme elle a commencé, dans une traînée rouge. Benoît traverse des villages sans éclat, des bourgades où l'ennui suit son cours. Il n'a plus un sou en poche. Il a atteint son idéal : le voilà pauvre, affamé, sans autre issue que la charité. Il accepte volontiers les aumônes en nature, les pains au chocolat, les sandwichs, les sodas, mais dédaigne toujours l'argent. Pour ne pas offenser, il range les pièces dans sa poche et s'en libère ensuite dans la sébile d'un plus misérable ou dans le tronc d'une église. Le pèlerin avance, confiant, sous la tutelle du vent. Son innocence éclate au grand jour, ses vingt ans renvoient en négatif l'image d'un monde vieilli, amputé de sa promesse.

Un matin, sur la place d'une bourgade, non loin de Villers-Bocage, il repère une cabine téléphonique, un modèle antique, avec une fente pour introduire la monnaie. Il trouve quelques piécettes au fond de ses poches. Il hésite avant de composer le numéro de la maison familiale. Une voix d'enfant lui répond. Benoît raccroche et s'éloigne, le front baissé, pour s'asseoir sur les marches de la mairie. Une boule de douleur naît dans son ventre. Il éclate en sanglots. ÉPOUVANTAIL DE PEINE.

6

Un brouillard de talc couvre les blés. L'humidité disloque les lambeaux de papier sous son pull. Il est grand temps de faire une halte, ne serait-ce que pour louer le Maître, le remercier de lisser les paysages. Une chapelle attire sa convoitise. Benoît a toujours préféré aux cathédrales et aux basiliques majestueuses les autels de rien, les prieurés oubliés. Il ne peut s'empêcher de s'arrêter à chaque signe sur le chemin, l'évocation d'une forme suffit : la croisée d'une branche, un tronc déraciné, deux nuages qui se rejoignent. La prière est pour lui une ivresse sans cesse renouvelée. Si Benoît était un junkie, nous dirions qu'il se défonce sans répit, s'injecte des extases en intraveineuse. Mais l'amertume qui succède à la piqûre, la perte qui obstrue l'aiguille lui sont inconnues. Sa drogue est idéale, il n'en manque jamais.

La chapelle a triste allure, la croix sur le fronton s'effrite ; des bouteilles vides, des paquets de cigarettes et d'autres emballages douteux qu'il choisit de ne pas voir jonchent l'entrée. Il se faufile. Une odeur infecte. La statue de la Vierge trône au milieu des débris. Il s'agenouille et prononce les plus beaux mots qu'il connaisse, il dit : calanque, rivage, apothéose... Il retrouve une mère parmi les gravats, une épouse au bord du précipice. Rien n'existe plus que ce morceau de stuc, où le devenir du monde est suspendu comme un bout de tissu à un barbelé. Benoît ne met pas le réel entre parenthèses, il ouvre grand les guillemets et sa prière fait corps avec les corps, suture les entailles où saigne notre temps. Benoît prie, en apnée, en apesanteur, et lorsqu'il revient parmi nous, un siècle peut s'être écoulé. Cela explique sans doute sa réaction lorsque les gendarmes l'ont encerclé, ce soir-là. Il était dans une forêt, en fait un parc privé, à Gethsémani ou à Poix-de-Picardie, disons qu'il était quelque part, en adoration, les yeux clos. Le propriétaire du terrain – un pharisien, à en croire l'immatriculation de sa grosse berline – l'avait repéré depuis le début de l'après-midi. Il avait donné l'alerte et un escadron de pandores avait saisi le pèlerin par le collet. La suite n'est pas très claire. Benoît, surpris, se croit arrêté par des légionnaires romains et se met à hurler. Les flics hésitent entre la cellule de dégrisement et un simple matraquage préventif. Finalement, ils menottent l'énergumène et l'embarquent en direction de l'hôpital psychiatrique d'Amiens.

La route est balayée par les phares, les arbres ricanent, des renards rejoignent les fourrés. Sur le siège arrière, Benoît égrène son chapelet à toute allure. Il reprend peu à peu conscience, il sait qu'aucune croix ne l'attend, mais il redoute les aiguilles, la camisole chimique, le supplice des prophètes d'aujourd'hui.

L'ACCUEIL DES URGENCES. Sous la lumière crue du hall, le délabrement du pèlerin saute aux yeux de tous. Les gendarmes le font asseoir sur un siège raide comme un bout de trottoir. La jeune femme derrière le guichet soupire d'affliction.

Un rire tonitruant monte d'un corridor. Chacun s'attend à voir jaillir un escogriffe en pyjama, la bave aux lèvres, mais c'est un type en blouse blanche qui s'avance. Il blague avec la femme de ménage, la suit le long du couloir, au rythme de la serpillière. L'homme n'est pas grand, ses traits sont fins, ses cheveux poivre et sel sont peignés avec soin et légèrement gominés, ses yeux dissimulent une tristesse. Il ressemble à un toréro à la retraite. La fille du guichet ne peut s'empêcher de lui adresser des œillades énamourées, les infirmiers le toisent avec admiration, même les gendarmes sont sous le charme. L'homme s'approche de Benoît, lui tend la main et l'interpelle avec un fort accent latino.

« Alors, mon garçon, on est tout foufou ? Suivez-moi. Sans les menottes, ce sera plus pratique pour m'étrangler. »

Les flics, décontenancés, libèrent Benoît de ses entraves.

La fille de l'accueil roucoule. « Attendez, attendez, docteur. Je n'ai pas encore pris le nom du patient. »

Le médecin la regarde, ingénu. « Voyons, Solange, vous ne l'avez pas reconnu ?! C'est Jésus ! Né à Bethléem, le 25 décembre de l'an 0. Notez ça pour le moment. » Puis, aux gendarmes, d'un œil narquois :

« Messieurs, vous avez arrêté le Messie ! J'espère que vous l'avez bien traité. »

Notre pèlerin accompagne le joyeux matador à travers les différents services de l'hôpital, jusqu'à une porte close. Le docteur pose son index sur ses lèvres.

« Chut. C'est bon. Dieu est là. Il ronfle. »

Benoît, que ces plaisanteries commencent à agacer, pénètre dans une petite pièce, éclairée par une lampe halogène. Sur les murs, de grandes étagères écroulées de livres et de brochures. Le psychiatre s'assoit derrière un bureau métallique, où trônent deux photos : un orang-outang qui se gratte les aisselles et, dans un autre cadre, un vieil hominidé pensif, avec de grosses lunettes et un terrible strabisme en train de fumer la pipe.

« Ce sont mes deux maîtres, explique le docteur. Jean-Paul et Cacahuète. Celui dont je m'inspire au quotidien, c'est Cacahuète. Mais Jean-Paul est vraiment marrant. Asseyez-vous, jeune homme, et parlez-moi de ce que vous voudrez. »

Benoît renifle l'air ambiant et s'aperçoit que son odeur est forte, peut-être embarrassante. Le médecin l'observe, ses yeux révèlent leurs nuances d'ombre. « Ne vous en faites pas. » La voix est un ton plus grave. « En prison, on était quinze au moins, dans une pièce comme celle-ci. On chiait et on pissait là, comme des chiens, comme des hommes, pendant des années. Pour moi, vous sentez le courage, c'est tout. »

Cette confidence rassure le pèlerin qui se met à parler, de ses doutes, de ses joies. Il s'aperçoit que les mois passés sur la route ont rendu les mots rugueux, presque douloureux au sortir de sa bouche.

Le psychiatre laisse le récit se dérouler, parfois il dit « formidable » ou bien « continuez » ; le plus souvent, il scrute Benoît en silence.

Pendant près de deux heures, l'écoute féconde la parole. Enfin, le docteur ouvre un tiroir, sort une feuille de papier. Il écrit à toute vitesse, un sourire espiègle aux lèvres. Il tend la feuille à Benoît qui déchiffre comme il peut les pattes de mouche. Le jeune pèlerin est dubitatif. Le psychiatre reprend le papier.

« Vous avez raison. Je ne suis pas sûr que nos amis en uniforme apprécient ce genre d'humour. »

Il rature quelques lignes, se lève et serre la main de Benoît.

« Vous savez, c'est la première fois que je rencontre quelqu'un d'heureux. Bien sûr, j'ai connu des névrosés pleins d'optimisme, des psychotiques enthousiastes, mais des gens comme vous, jamais. »

Dans le hall, les gendarmes badinent avec Solange, la fille de l'accueil. Ils bombent le torse, font reluire leurs épaulettes. Solange, aussitôt qu'elle aperçoit le docteur, reprend son sérieux et farfouille dans un classeur. Benoît laisse le psychiatre parlementer avec les pandores. Il récupère son sac, salue l'assistance d'un geste de la main, et s'enfuit.

La banlieue d'Amiens est floue sous un rideau de bruine. La ville cherche le sommeil. Benoît longe un boulevard, une avenue, une rue, enfin une impasse, encadrée de façades aveugles, éclairée par un candélabre. Un canapé abandonné au milieu d'un tas de cartons se révèle très confortable. Il s'allonge, persuadé que rien ne pourra l'atteindre, que nul n'oserait troubler les rêves d'un homme heureux.

Ils sont trois. Ils sont jeunes. Ils s'ennuient à crever. La braise éclaire leurs sillages, la bière force leurs rires. Ils viennent de se faire refouler de la dernière boîte de nuit encore ouverte, ils ont juré de revenir pour défoncer la gueule du vigile. Au hasard de la zone, capuches sur la caboche, mâchoires soudées, mains dans les poches. La rue est un parc d'attractions, les manèges tournent à vide – poubelles qui giclent, vitrines en miettes, crachats sur le macadam, ratures au cutter, biture au radar. Un boulevard, une avenue, une ruelle, une impasse. Un mec vautré sur les ruines d'un canapé. Un mec en vrac, bien décapé. Ils n'ont rien contre lui, ils pourraient aussi bien lui offrir une bouchée de leurs kebabs.

L'un des lascars se déboutonne et se met à pisser sur le dormeur. Benoît s'éveille en sursaut, le visage dégoulinant. Aussitôt les coups, de pieds, de poings, de genoux. Benoît ne se protège pas. Il encaisse, les paupières fermées. Un éclair zèbre son crâne. Il hurle, sans savoir si son cri résonne en dehors de son cerveau. « Dites à ma mère que je suis mort ! Dites-lui que son fils est mort ! »

Les coups s'arrêtent. Benoît ramasse son nez, ses dents. Il gémit, la gueule en charpie. Il expulse le Mal, sa voix monte, plane sur la ville comme l'appel d'un muezzin blessé.

Les lascars contemplent ce qu'ils ont détruit. Ils se sentent minables, à gerber, mais aucun d'eux ne parvient à épeler les syllabes de la honte. Le premier sort de sa poche quelques billets froissés, les deux autres l'imitent, fouillent dans leur jean. Ils voudraient dire les trucs qu'on dit quand on est môme, la tête basse, « pardon », « désolé », tout ça, mais l'enfance est trop proche et elle fait trop mal.

Ils sont trois. Ils sont jeunes. Ils s'ennuient à crever. À tour de rôle, les yeux fuyants, ils déposent au pied du pèlerin la myrrhe, l'argent et une grosse boulette de shit. Benoît les voit partir et leur pardonne. Pour apaiser sa viande meurtrie, il croque dans le bout de haschich, le mâchonne et le recrache, un goût amer sur les gencives. Les étoiles clignotent, ambulances de la nuit. Benoît se rendort, bercé par le compte-gouttes de son sang sur l'asphalte.

7

Les échappées de verdure s'interrompent à l'accotement d'une route goudronnée. Le marcheur traverse un champ de céréales, emprunte un layon qui se prolonge jusqu'à une petite forêt. Sous un dôme de branches, la sente se rétrécit, bifurque et débouche sur une carrière abandonnée, aride à l'exception de quelques touffes de mélisse et d'armoise clairsemées. Autour d'une grande flaque d'eau de pluie, des bourdaines dont les rameaux souples ont pris les teintes violacées de l'hiver. La paroi calcaire est semée d'arbustes, genévriers et aubépines, qui calfeutrent le ciel. Benoît retire le pansement de son arcade sourcilière. Le soir gagne la carrière. La falaise qui ferme l'horizon est la première à subir l'avalanche des ombres. La nuit dégringole. Benoît regrette de s'être laissé surprendre sans avoir eu le temps de parcourir son Évangile à la lumière du jour. Malgré ses efforts, sincères, pour pardonner à ses agresseurs, la douleur le ramène au ressentiment. Il ne parvient pas à effacer la violence de son esprit.

Le pèlerin emprunte des chemins détournés, rôdaille loin des hameaux et des villes, mais toujours ses pas le ramènent vers les hommes. Il parvient au centre d'une petite bourgade. Son reflet dans la vitrine d'une charcuterie l'effraie presque. Il est fantomatique, plâtreux. Le hurlement d'une sirène s'approche à toute vitesse. Il se planque derrière un muret. Un camion de pompiers freine à quelques mètres devant lui. De jeunes hommes, casqués d'argent, sortent du véhicule et se dirigent vers une maison au milieu de la place. Benoît ne détecte pas dans l'air d'odeurs de fumée. Les pompiers attendent sur le seuil. La porte s'ouvre, une femme apparaît, en larmes. Les pompiers parlementent. Une petite foule s'est assemblée, avertie par la sirène qui continue ses stridences.

Dans le dos du pèlerin, une présence, une haleine tourmentée. Il se retourne doucement : une vieille femme, une vieille chose, le corps nu, enturbanné de papier toilette, le fixe d'un œil mauvais. Le papier entoure ses jambes, ses bras, son cou, ses hanches. Ses prunelles dilatées disent le désarroi le plus absolu.

— Alzheimer, songe Benoît qui se souvient des excentricités de sa grand-mère, quand il était enfant. Soudain, la vieille se dresse d'un bond, le bouscule et s'enfuit dans une rue adjacente en poussant des cris de bête traquée. Les pompiers s'élancent à sa poursuite et la rattrapent. L'ancêtre beugle, se débat, de fines feuilles de cellulose tombent sur le pavé. La dame en sanglots s'avance vers la pauvre créature que les soldats du feu essayent d'allonger sur un brancard. « Maman, je t'en prie ! Mon Dieu, maman. »

La vieille est prostrée sur la civière, une couverture de survie sur son maigre corps. Elle hurle de plus belle, lâche une brouettée d'injures, ses doigts serrent la gorge d'un pompier dont les yeux n'ont jamais vu pareille catastrophe.

« C'est ma maison ici ! Lâchez-moi bande d'empaffés, avec vos tuyaux d'arrosage ! J'veux rentrer chez moi et pis c'est tout ! » Benoît sort de sa cachette, traverse la place. Les témoins du drame le laissent passer, certains font le signe de croix, d'autres se pincent pour se convaincre. Il s'approche de la civière et se penche à l'oreille de l'ancêtre. « Ferme les yeux. Ta maison est là. Tu es chez toi. » La vieille relâche la pression de ses doigts au cou du pompier. Son visage chiffonné retrouve la quiétude. Elle s'endort, indifférente aux remous de la foule. Benoît se tourne vers la femme éplorée. « Votre mère est chez elle. Demain, vous pourrez la serrer dans vos bras. » Alors qu'il veut s'éloigner, une main, puis deux, enfin une nuée de doigts le retiennent. Benoît s'imagine qu'on veut le lyncher comme un vulgaire sorcier et n'oppose aucune résistance.

Ce qui arrive ensuite n'a été relaté nulle part, pas le moindre entrefilet dans *L'Écho de la Lys* ou *Le Courrier picard*. La foule déshabille Benoît ; son blouson, son pantalon, se détachent de lui. Les pompiers lui donnent une couverture. Les fenêtres des maisons s'éclairent une à une. Une jeune femme ramène un seau d'eau brûlante et un gant de crin. Le pèlerin garde les yeux fermés tandis que la foule le récure, le fait reluire, avant de lui faire revêtir des habits propres. Il ouvre les paupières, contemple l'humanité devant lui et se persuade qu'il aurait pu dormir dans chaque maison, manger à chaque table, jusqu'à la fin des siècles. Un pompier le rattrape en chaussettes et lui tend ses bottes. Benoît abandonne ses baskets de jeunesse et quitte le village.

La route est sombre. À un jet de cailloux, un talus, qu'il gravit sans peine. Incendie sur la plaine. Des nappes de fumée ondoient, éclairées par des spots aux halos fantastiques. UNE USINE DE NUIT. D'immenses cheminées recrachent des nuages chargés de plomb et de mercure. Des phares, des signaux, des sortilèges. Le pèlerin ne dort pas, il chavire dans l'intervalle. Des anges sidérurgistes coulent l'acier rouge sur ses rêves. Le matin, malgré ses habits propres et ses bottes neuves, il se sent démuni. Sa vie lui appartient moins que jamais.

8

Le pèlerin se saoule au goulot du vent. Il s'exile, entraîné par un souffle qui porte loin, plus loin que les yeux morts des hommes. Benoît le délabré. Perdu sur la route, mort aux yeux des hommes. VOICI LA TERRE. L'oreiller de celui qui marche au-delà de lui-même, le refuge d'un bestiaire invisible : dytiques, bousiers, scarabées évadés d'un cauchemar égyptien. La terre est un continent blessé, une friche incontinente qui ne cesse de ruisseler. La terre mouille, ouvre ses lymphes, ses lèvres. Benoît ressent les contractions, les sécrétions intimes ; il résiste aux secousses, lutte contre le désir des profondeurs. Il raisonne la terre. Il la voudrait chaste, elle qui n'est que trouble, gluances et parfums. Les dieux anciens sont aux abois, ils excitent la belle convulsive, recueillent son suc. Benoît bâillonne les idoles ; sa bouche se colle à l'humus, sa prière s'écoule à travers strates. Il ne menace pas, il affirme une puissance qu'aucune bête, aucune idole n'est en mesure de contester. La terre se tait, assèche ses sources. Benoît n'apporte pas la paix, il brandit le glaive et le tumulte, avant de s'endormir sur un lit de séisme.

À l'aube, son visage s'émerveille. Des batailles de la veille, contre les idoles, ne reste qu'un engourdissement. Convaincre sa carcasse de se lever n'est pas une partie de plaisir, mais le plaisir n'est pas la voie qu'il a choisie. Benoît se lève. Il est prêt à souffrir, à aimer.

Voici l'homme qui marche, attentif à la route, soucieux de la mesure et de la vérité. Voici l'homme qui marche, en alerte, à l'écoute, attentif à la terre et à la sainteté. Voici les champs ouverts, les nuages en déroute, la plaine qui assène une autre vérité, la terre qui dévoile une autre nudité. Une âme sans mensonge est une âme qui doute, soucieuse de la terre et de la charité. Une âme de courage et de nécessité.

Soudain, l'horizon flanche. Le pèlerin avance en terrain miné. Il traverse des sépultures d'arrière-pays : Chambry, Villers-Saint-Georges, Villeroy. Immenses étendues parsemées de croix blanches. Ossuaires que l'armistice n'a jamais pacifiés. Partout se devinent les indices du désastre. Chaque racine se souvient qu'elle fut un soir baïonnette au ventre des hommes. Sur cette tranche de terre, une génération s'est effondrée, entre colère et dénuement. Des paysans sont tombés, des maçons, des instituteurs, des assassins, des musiciens, des mineurs, des marins. La terre murmure ce que les monuments de pierre voudraient taire à jamais : la honte, l'effroi et le remords d'une génération brutalisée. Au loin, la Baie de Somme. En contrepoint, les derniers échos d'une canonnade ou d'une retrouvaille. Benoît ne se retourne pas, laisse les morts enterrer leurs morts.

9

Benoît s'égare, défie la logique des typographes. Alors qu'il devrait être depuis longtemps à Beauvais, le voici aux portes d'Abbeville. Les vitrines sont panachées d'emballages de fête, de rubans, de codes-barres. Noël approche. L'humble marcheur aurait voulu admirer la crèche de Notre-Dame de Paris. Sa géographie a beau être sommaire, il sait que c'est impossible, à moins de renoncer à la marche et de faire du stop. Il se décide à tendre le pouce, le dos tourné à la circulation. Il attend. Il attend. Les voitures l'ignorent, son bras commence à être douloureux. Pour la plupart des automobilistes, cette silhouette dépenaillée, qui longe la vie en sifflotant, est moins visible qu'un radar. Benoît baisse le pouce et trace la route.

L'air se charge d'iode, la terre se mue en glaise, son pied s'enfonce dans une pâte épaisse et parfumée. Benoît découvre une cambuse de bois, creusée d'une petite fenêtre d'observation horizontale, une cabane de chasseur ou un poste d'observation pour ornithologues. Le routard pose son barda dans un coin. Dire qu'il a froid serait un pieux mensonge : il est transi, mais la perspective de passer Noël avec les oiseaux le comble de joie. Il ramasse des joncs, en tapisse les parois, puis élève un petit autel de pommes de pin. Il brûle son dernier bâton d'encens. À travers la meurtrière, le soleil comme un bilboquet tombe dans le marais, rejaillit un instant, puis termine son cycle dans un remous de vase. Les flocons de neige rejoignent l'eau stagnante. Benoît s'emmitoufle sous les branchages, son haleine fume dans l'air glacial.

Sa quête aurait pu s'arrêter là, dans ce paradis lacustre. Un promeneur aurait découvert son corps et nous pourrions penser à autre chose. LE MAÎTRE VEILLE. Sa bonté réchauffe le pèlerin, qui passe l'hiver.

Au printemps, les oiseaux reviennent, les plumes chargées de sable. Devant ses yeux, une spirale de plumes. La grande volière du ciel s'anime de volatiles dont il n'a même jamais rêvé : hérons cendrés, grues aux pattes interminables, flamants, sternes des altitudes, cormorans et tourterelles. Benoît se tient droit, au bord du marais, les bras repliés sur la poitrine. Sa prière guide le peuple des altitudes, l'accompagne des torsions de l'air jusqu'à l'empreinte des eaux.

III

Sirius

(terminus gare du Nord, chorégraphie des métropoles, calvaire en sous-sol, un bric-à-brac infernal, le polygone étoilé, à l'air libre, sur le palier, l'homme lui sourit)

0

Benoît s'approche. Nous ne pouvons l'entendre, qui se traîne, sans parole, ni geste. De son exemple, nous ne tirerons rien, puisque notre orgueil est d'être à la remorque du siècle. Comment pourrions-nous entendre, sous les feuillages, bruisser la dépouille d'un homme qui a choisi d'avancer à genoux ? Benoît s'approche. Il marche sur une piste de goudron et d'étoiles. Il ne chôme pas, ne possède d'abris que sous l'orage. Nous ne trouverons pas d'amant plus sincère, d'artisan plus laborieux, de compagnon plus fraternel. Sa démarche est minuscule face à l'immensité de la tâche. Benoît s'approche, l'âme nue.

1

Un chatoiement. Une lueur tremblée. Le jour s'essuie contre ses cils. Sa nuque craque, son ventre est un vautour qui craille la faim. Cette nuit, le cimetière derrière lequel il a dormi était peuplé de morts bavards. Des voix par centaines ont bourdonné à ses oreilles, saupoudrant ses rêves de salpêtre. Benoît fait glisser de ses tympans la voix grise des défunts.

À mesure qu'il s'approche de la capitale, sur la route, les tracteurs se font plus rares, l'horizon se couvre de panneaux, d'arceaux, de pylônes. Le pèlerin n'a jamais vu Paris, son imagination se languit de la java des klaxons, des œillades de la Seine, sa marche va l'amble des bornes rouge et blanc, des cardons sur le bas-côté. Il accorde son regard à la moindre inflexion de beauté, ici, une tribu de coquelicots, des reflets sur le ruisseau, là, un chêne rouvre, l'envol d'une mésange charbonnière : la répétition générale du vivant.

À Marseille-en-Beauvaisis, il s'étonne un instant de ne pas voir la mer. Il distingue les tours de contrôle d'un aéroport. La campagne s'amenuise. Il traverse une banlieue : les façades, les bosquets de fleurs pâlichonnes, les cages d'escaliers sont les mêmes que partout. Au centre de l'agglomération pavoise la plus haute cathédrale de la chrétienté. Le pèlerin s'agenouille de longues heures au pied de la Vierge, sous l'œil soupçonneux d'un sacristain aux cheveux gras. Il dépasse d'autres faubourgs avant de retrouver l'âpreté des chemins. Cherchant une chapelle à sa dimension, il finit par dénicher un calvaire en ruine que l'ardeur de ses louanges rebâtit, pierre après pierre.

Passent Auneuil et Chaumont-en-Vexin. Dans la poubelle d'une boulangerie, le pauvre ramène à son crochet une miche de pain d'au moins trois livres dont la croûte épaisse a préservé la mie. Près de Luzarches, il sépare deux jeunes coqs en jogging qui se castagnent au milieu du trottoir. Les deux excités finissent par se réconcilier sur son dos, l'injurient et le bousculent. Sa mission accomplie, il s'enfuit sous les injures. La campagne se recroqueville en parcelles. La nature véridique, celle qui englobe les éléments contraires, protège les proies comme les prédateurs, cède face à l'imminence d'un cataclysme. Benoît est à l'exacte frontière. Les nuages se travestissent de fumée, les arbres rendent leur sève sur la chaussée. Les grues, les poutrelles, les immeubles le surplombent. En dépassant la centrale nucléaire, le pèlerin ignore les dieux de l'atome qui glapissent au centre du réacteur. Il cherche une accroche, un point d'arrimage pour son regard. La voie ferrée le guide vers une grande butte qu'encadre le périphérique. En haut du tertre, il découvre un cercle, des dizaines de caddies, alignés comme des menhirs. Un clodo, le bide à l'air, est vautré sur une bâche plastique. Benoît ne s'approche pas de son reflet, vaincu et pathétique. Un train à grande vitesse freine sur le ballast. TERMINUS GARE DU NORD.

2

Les carlingues vrombissent, le métal et le verre pris dans un même halo font du périphérique un décor halluciné. Sur la rambarde du pont, Benoît se frotte les yeux. Une fumée louche écharpe l'horizon, les faubourgs semblent un poumon à bout de course d'où s'échappent des volutes toxiques.

Le désir de conquête qu'éprouvent les jeunes provinciaux aux portes de Paris, ce sentiment de toute-puissance, n'épargne pas Benoît. L'humble marcheur, complice des flaques d'eau, se voit déjà prêcheur, aiguillonnant la foule sur le parvis de Notre-Dame. Soudain, il sent un liquide ruisseler le long de sa jambe. Un chien miteux se soulage sur son pantalon. Il l'envoie paître d'un coup de pied et regrette aussitôt sa brutalité. Il pose un genou à terre, tend une main caressante. Le chien grogne, découvre des crocs noircis par la fréquentation assidue des poubelles. Ses poils sales tirent vers le jaune, des cicatrices lacèrent son museau. Les caresses extirpent de la poitrine du corniaud des plaintes enfouies, la main apaise les démangeaisons, insiste sur les muscles endoloris. Le clébard s'ébroue, se met à lécher le menton de cet homme qu'il avait confondu avec un réverbère.

Face au soleil tapageur qui rebondit contre le capot des voitures, Benoît et son nouveau compagnon se dirigent vers Saint-Ouen. Le chien s'amuse des crissements de freins, son flair le brinquebale de plaques d'égout en cartons éventrés. Le clébard est maître des carrefours.

Porte de Clignancourt, Benoît a du mal à suivre la cadence, empesé par sa sacoche, déboussolé par les ondes contraires qui émanent de la rue. CHORÉGRAPHIE DES MÉTROPOLES. La foule monte et descend, les marcheurs se frôlent sans se heurter, mus par une énergie secrète, la dynamo des grands boulevards. Le pèlerin se laisse entraîner par le flot, s'excuse à répétition lorsque son corps pataud entrave la chaussée. Il devine que certains passants lui casseraient volontiers la gueule, mais qu'ils n'ont pas une seconde à perdre. Un scooter démarre en trombe, chevauché par deux jeunes sans casque. Le scooter manque d'emboutir une poussette. Une escouade de flics prend possession du périmètre. La femme avec la poussette hurle en direction des képis. Un jeune nègre traverse l'avenue en courant à perdre halcine.

Benoît s'arrête au milieu du trottoir. Le décor continue d'avancer. Les étals de fruits, les rôtisseries dont le fumet torture sa faim, les immenses bennes à ordures qui contiennent les vestiges d'une civilisation : tout cela bouge sans lui. Il prend une grande respiration et plonge dans la ville. La sueur du peuple éclabousse sa barbe. Autour de lui, les visages sont d'ébène, de charbon, de terre cuite. Jamais il n'aurait imaginé pareil trésor de peaux dissemblables. Les races se mêlent dans le creuset des rues. Barbès est un échafaudage qui tient à deux bouts de soleil collés au sparadrap. Le pèlerin entend les langues éclore, les accents s'enchevêtrer. Aucune de ces langues ne lui est étrangère. Il se surprend à répondre en swahili à un vieil homme en redingote, il s'excuse en kurde, s'émerveille en castillan, s'émeut en wolof. Il cherche son camarade poil-de-carnage, aux quatre coins du boulevard. Le chien a quitté son orbite. Benoît entend une voix tonitruante rouler sur le bitume.

« Legba, Legba ! »

Une grande femme est plantée sur le trottoir d'en face. Si grande qu'on pourrait la croire montée sur des échasses. Elle est noire comme la dame de pique, vêtue d'une robe en basin pourpre. La femme s'époumone et ses joues se gonflent en cadence. « Legba ! Leeegba ! Bon Dié ! Legba ! »

Le chien jaillit d'un tas de cartons, se met à trotter à la rencontre de la négresse, la suit jusqu'à une porte cochère et disparaît. Dans l'arrière-cour, aux murs couverts de lierre, Benoît ne trouve rien, ni personne. Il hausse les épaules.

La faim revient fouiller son bide. Ses jambes l'entraînent vers un gadin mémorable. Pas question de défaillir et quitte à s'écrouler, autant le faire au seuil de Notre-Dame, sous l'œil de pierre des saints réunis, dont les pupilles vigilantes ne manqueront pas de donner l'alerte. À cc degré de naïveté, la pensée de Benoît est exaspérante. Il ne connaît de l'île de la Cité que les reproductions de gravures pieuses du siècle passé. Boulevard de Rochechouart, le métropolitain avance sur la chaussée. Le pèlerin descend vers l'abîme. Les premières marches sont une révélation du pire.

3

Les couloirs succèdent aux escaliers. Les carreaux de faïence forment un damier monotone. Trois directions s'offrent à Benoît et aucune ne l'inspire. Il ignore où se trouve la station Notre-Dame, si d'ailleurs elle existe. Il tente de déchiffrer un plan du métro où s'enchevêtrent des lignes aux couleurs contradictoires : le vert pomme de la ligne 9 ; le vert un peu moins pomme de la 6 ; le bleu ciel de la 13 et celui turquoise de la 7 bis ; l'ocre terne de la 10 et le brun sale de la 11. Benoît finit par renoncer, à la limite du daltonisme. Il confie son sort à une grosse dame qui transpire en tractant un lourd cabas ; se plaçant à quelques encablures de la mégère, il la suit dans le dédale. Parvenue à un quai large comme un embarcadère de paquebot, la dame s'écroule sur un banc. Benoît l'imite. La commère fronce les narines. Le pèlerin comprend que les effluves du labyrinthe n'ont pas dissimulé son odeur. Il ne s'est pas lavé depuis plus d'une semaine, et encore était-ce dans l'eau trouble d'un étang, à la hâte et sans savon. Paris se pince le nez.

Le jeune provincial observe les immenses affiches qui ornent le quai en face de lui. Du whisky irlandais, finement distillé, se bonifie dans des fûts de chêne. Sur une autre réclame, des bikinis multicolores tutoient des plages de coraux. Le bonheur est à portée de main, mais la foule n'en semble pas informée. Les visages sont sévères, les sourcils courroucés. Seul notre pèlerin persévère dans une allégresse béate qui a le don de le rendre suspect.

Un grincement prolongé. La rame s'immobilise. Les silhouettes s'engouffrent, lorgnent sur les rares banquettes disponibles. L'alarme retentit. Benoît court vers le wagon, la porte se ferme sur son bras, il ne peut s'empêcher de crier. Les regards sont confits de rage. La porte se referme. Le métro s'ébranle, Benoît n'a pas le temps de s'agripper à la barre centrale et s'étale de tout son long. Aux trois quarts assommé, il baragouine des excuses incompréhensibles. Il se redresse, cherche sa bouteille d'eau. Son sac. Son sac ! Il a oublié sa sacoche sur le banc de la station – l'écharpe de son père, l'Évangile ! Ses lèvres bougent toutes seules, émettent d'étranges chuintements. Il se précipite sur le quai, s'engouffre dans un couloir étroit, gravit quatre à quatre une volée de marches. Au sortir d'un corridor, une musique. Violons piquetés d'épingles, trompette à tête de caïman, contrebasse et dulcimer. Six hommes unis par la mesure, Tziganes accourus des faubourgs de Sofia ou de Bucarest. Benoît se tourne vers l'orchestre, accroche le regard du joueur de dulcimer ; une gigue ensorcelée cravache sa croupe, il voltige au hasard, un hasard déterminé par la vitesse, qui le déporte de rampes en marches, de cul-de-sac en goulets d'étranglement ; il bondit dans une rame et en ressort aussitôt que les haut-parleurs annoncent une station dont la résonance l'inspire. Plusieurs fois, il doit s'arrêter avant de repartir vers d'autres suffocations. CALVAIRE EN SOUS-SOL.

Sentier use ses semelles. Temple le fouette tel un vulgaire marchand. Les Filles du Calvaire ne lui sont d'aucun secours, pas plus que Saint-Sébastien Froissart. Chemin Vert est sans issue. Bastille est prise d'assaut. La Rapée lui frotte les chairs. Austerlitz l'aveugle. Odéon l'éblouit des feux de la rampe. Raspail le prend en allergie. Il frissonne à Glacière, s'efface à Dugommier, se gratte à Picpus. On le prend pour cible Rue des Boulets, pour mieux le matraquer à Charonne. Voltaire lui fait la leçon. République se montre intransigeante. Goncourt lui passe sous le nez. Belleville est moche. Pyrénées abrupte. Danube, ni bleu ni grand. Les Buttes-Chaumont le soulèvent d'espoir, Bolivar le libère un instant, mais Jaurès l'assassine. Il craque à Stalingrad et finit par sortir à la station Rochechouart, ni tout à fait mort, ni tout à fait vivant.

Benoît s'agenouille. Il n'en peut plus, n'en veut plus. Il adresse au Maître un long râle de détresse. Sur le quai d'en face, il reconnaît l'affiche du whisky irlandais et, un peu plus loin, la publicité avec les plages et les bikinis. Il est revenu à son point de départ. Il se précipite vers le banc sur lequel il était assis. Le sac a disparu. Qui voudrait s'encombrer d'un si maigre trésor ? Un misérable, un saint homme. Benoît se plaît à cette pensée. Le chapelet rejoindra d'autres doigts, plus agiles que les siens, et l'eau de sa bouteille coulera dans les entrailles d'un Juste. Soulagé par cette perspective, il s'affale sur le banc. Bien qu'il ne soit pas triste, des larmes roulent à son menton.

« C'est ça qu'tu cherches ? »

Benoît ne relève pas la tête.

« Hé, la pleureuse, tu réponds ?! C'est ça qu'tu cherches ?! »

Un visage malsain, lacéré d'estafilades, éclairé par deux rétines lumineuses. L'homme secoue à bout de bras une masse de tissus comme un féticheur agite un talisman.

« C'est à toi, pas vrai ?

— Mon sac, c'est mon sac…

— Ouais, ton gros sac à merde ! »

La voix de l'homme a des accents de Médina. La sacoche dans sa main tournoie en cercles, ses prunelles suivent le mouvement.

« Y a rien dedans. J'ai fouillé, tu penses bien. Il blaire encore pire que toi, ton barda !

— Merci, monsieur. Dieu vous bénisse !

— C'est ça, une bonne bénédiction ! »

Le type ricane, interrompt le moulinet et tend la besace.

« T'es curé, pas vrai ? La bible, le chapelet, tout ça. Un curé qui pue du cul, ça c'est pas courant ! »

Benoît avise le gars. Impossible de lui donner un âge. Il n'est pas très grand mais ses épaules sont larges, son poitrail taurin paraît à l'étroit dans son tricot. Il porte une parka militaire froissée, un pantalon de velours, des chaussures de marche. Ses yeux sont insoutenables, smaragdins, déments. Benoît n'éprouve de peur à l'endroit de quiconque, se refusant à croire en la part maudite de l'Homme, et bien qu'il soit incapable de fixer l'émeraude de son regard, il jauge son interlocuteur avec bienveillance.

Le gaillard part d'une épouvantable quinte de toux. Il sort un paquet de cigarettes américaines, propose un clope à Benoît, le refus poli de ce dernier semble l'arranger. Sans se soucier de la juridiction des lieux publics, il fume à grandes bouffées. Les volutes frayent à travers les mèches brunes, camouflent le vert des pupilles. L'homme dit son nom ou plutôt son surnom : le Colonel.

En quelques minutes, le voilà qui déroule le fil barbelé de sa vie. Il est né à Oujda, au Maroc, à quelques kilomètres de la frontière algérienne. Il est kabyle. Il insiste, faut pas le confondre avec « une espèce de bougnoule ». Suite à un complot, une histoire de mœurs sur laquelle il préfère ne pas s'attarder, il a dû fuir la terre de son enfance pour ne plus y revenir. Il s'est engagé dans la Légion étrangère, a gagné la nationalité française en pataugeant dans les boues de Guyane. Son grade dans la Légion n'a pas dépassé celui de sergent, mais pour tous ceux qui le côtoyaient dans la zone, il était le Colonel. « Colonel-cœur-sur-la-main » ou « Colonel-tête-brûlée », selon les circonstances. On le craignait, son poing était chatouilleux, ses accès de colère le transformaient en arme de destruction massive. En résumé, valait mieux pas le faire chier, le Colonel-frappe-qu'un-coup !

L'homme se purge, balance en vrac son passé. Il cause comme un blédard, sa voix a conservé le parfum des grands arganiers. À la demande du type, Benoît dit son nom et son grade.

« Benoît, adjudant de Jésus. »

La formule lui est venue sans réfléchir, elle fait mouche.

Le Colonel bombe le torse.

« Adjudant Benoît, où vous voulez traîner vos guêtres ? Répondez ! »

Benoît se souvient de sa destination initiale. Notre-Dame de Paris.

« Affirmatif. Notre-Dame. Debout. Gauche. Marche. »

Les deux hommes montent dans une rame. L'autorité magnétique du Colonel fait merveille, des places se libèrent instantanément. Le pèlerin égrène son chapelet, distribue ses actions de grâce au peuple qui n'en demandait pas tant.

Au sortir du métro, Benoît écarquille les yeux. Le jour est encore vaillant, le ciel grand ouvert. Sur le boulevard, des toussotements de diesel, des pigeons étourdis par le carbone. Les deux hommes marchent au bord du fleuve. Des bateaux-mouches glissent sur l'eau sombre. À travers le feuillage d'une rangée de platanes, la cathédrale s'élève dans une prodigieuse immobilité, squelette du monde.

4

La foule s'agglutine devant une chapelle au fond de l'abside. Les derniers arrivés se poussent du coude. Malgré l'interdiction, les flashs commencent à crépiter. Benoît ne se rend compte de rien. En prière depuis plus d'une heure, il retrouve une plénitude bienvenue. Les touristes, d'abord incommodés par les miasmes baroques qui émanent de son corps, restent subjugués par la vision de ce gueux en pleine extase mystique. Certains croient à une restitution historique sponsorisée par la ville de Paris : l'individu est probablement un intermittent du spectacle, grimé et empuanti pour l'occasion.

Le Colonel, derrière un pilastre, se frotte les mains. Il parvient à convaincre notre pèlerin de s'asseoir sur le porche, une boîte de conserve à ses pieds. En quelques minutes, la timbale déborde de tickets restaurant, de pièces et de billets de toutes nationalités. Un touriste mexicain lui demande un autographe. Benoît est abasourdi. Sa sébile à la main, il retourne dans la nef et commence à remplir le tronc de pièces sonores.

« Pute borgne ! Adjudant Benoît, arrêtez immédiatement ! C'est un ordre ! »

Une poigne de fer. Des yeux qui ne souffrent pas d'objections. Benoît confie la boîte au Colonel qui transvase l'argent dans les poches de son blouson.

Les touristes se dispersent. Le soleil glisse le long des arcs-boutants. Sur un banc, le Colonel recompte le grisbi.

« Deux mille balles ! Bon dieu de merde ! Adjudant Benoît, t'es un marabout de première ! »

Benoît regrette de ne pas avoir pu verser l'intégralité de son trésor dans la fente du tronc avant l'arrivée du Colonel, dont les blasphèmes à répétition lui sont de plus en plus odieux. Son voisin perçoit le malaise.

« J'm'excuse si j'parle pas correct. J'respecte la religion, toutes ces conneries, faut pas croire... »

Le ciel n'est qu'un maigre rectangle que les immeubles enserrent. Benoît traque l'horizon parmi les enchevêtrements d'antennes relais et de paraboles. Une rumeur lamine ses oreilles. La ville s'insinue en lui.

« Nous sommes les hommes des troupes d'assaut, soldats de la vieille Légion ! Demain, brandissant nos drapeaux, en vainqueurs nous défilerons ! » Le Colonel se met à brailler à travers les rues que gagne la pénombre. Des feux anciens s'attisent dans ses prunelles.

« Nous n'avons pas seulement des armes, mais le diable marche avec nous... Ah ! Ah ! Ah ! Ah ! Ah ! Ah ! »

Il s'arrête, fait signe à Benoît de l'attendre et pénètre dans une pharmacie dont il ressort, quelques minutes plus tard, avec une fiole de sirop, qu'il boit au goulot, d'un trait. Son visage se plisse.

« C'est du Niver. Pour les bronches. C'est dégueulasse, mais faut c'qu'y faut. Allez, encore une pharma et on est bon. »

Le Colonel balance la bouteille sur la chaussée qui explose comme une grenade. Les boulevards s'achèvent sur des avenues sans fin. Benoît qui n'a rien mangé depuis deux jours commence à s'impatienter. La pharmacie suivante voit le Colonel sortir d'un air furibard.

« Il a pas voulu me filer mes Néo-Codion, l'ordonnance est périmée, qu'il dit, ce bâtard de ses morts ! Bon, pas grave. On va passer au lavomatic, c'est pas très loin. »

Benoît crève la dalle. Il se met à farfouiller dans une benne à ordures. À nouveau une main de fer le retient. Cette fois, le pèlerin se cabre, montre presque les crocs. Le Colonel calme le jeu, soucieux de ménager son pigeon aux œufs d'or. « T'as faim, mon frère. Avec cette saloperie de sirop, j'pense même plus à bouffer, moi. Viens, on va au marché. »

Un parking derrière un pont de chemin de fer. La nuit est tombée sur la proche banlieue. Des réverbères éclairent le bitume à la façon d'un interrogatoire de police. UN BRIC-À-BRAC INFERNAL. Des frusques dérobées à un cadavre sans élégance, des godasses orphelines rassemblées par paires, sans logique de pointure ni de couleur, des essieux de bagnole tordus, un tournevis en acier mou, des plaques d'immatriculation polonaises…

La foule grossit à vue d'œil, des ombres par dizaines surgissent des rues confluentes pour rejoindre le parking. Les voix caressent les tissus, se cognent contre la ferraille. Les mains des vendeurs moulinent à quelques centimètres du visage des chalands qui inspectent les étals. Le Colonel marche d'un pas sûr au milieu de la brocante. Il entraîne Benoît à l'autre bout de l'esplanade, vers le département des produits frais, disons comestibles. Cornichons à l'air libre, jambon en manque d'oxygène, pain vendu à la tranche, paquets de chips déjà ouverts, plaquettes de beurre suri au fond des glacières, ustensiles de cuisine rafistolés... Pas de rats en brochettes, ni de chiens écorchés, mais les grillades qui fument sur un barbecue de fortune sont d'une origine pour le moins suspecte.

À côté de Benoît, un grand type famélique verse d'un jerrican un liquide sombre dans une bouteille en plastique. « C'est du château-neuf-du-peuple, mon frère ! » se marre le Colonel. Une femme avec un foulard sur la tête essaye de marchander un paquet de biscuits pour sa gamine qui l'accompagne. Le vendeur se montre inflexible. Benoît, ému par le regard de la môme qui voit la promesse des gâteaux s'émietter, oblige son acolyte à sortir son portefeuille.

« Dis-donc, adjudant Benoît, tu vas pas nous la jouer Coluche toute la soirée, j'espère ?! »

Le Colonel scrute les étiquettes d'un œil de maquignon.

« Le jambon est périmé que d'avant-hier, à trois francs c'est une affaire. » Il se penche, évalue. « Des raviolis, froids ou chauds, c'est toujours bon. Les saucisses, ça tient pas, laisse tomber. Par contre le pâté, avec la couenne, tu peux encore le bouffer dans dix ans ! »

Le Colonel achète une baguette sèche, une bouteille de pastis éventée et une boîte de sardines à l'huile. Au rayon textile, il déniche un jean, un pull à col roulé, une veste militaire de l'armée néerlandaise et surtout un duvet, bien épais, dont l'odeur âcre de transpiration laisse imaginer la détresse de son ancien propriétaire. Benoît se change derrière un panneau publicitaire, en bas de la voie ferrée. L'expertise du Colonel en ce qui concerne sa taille est toute relative : si le pantalon est ajusté, le pull est bien trop grand, et la veste étriquée entrave ses mouvements. Benoît ne se plaint pas. Il grignote un sandwich aux sardines en remontant la rue Gaston-Tessier, puis la rue de l'Évangile. Concert de klaxons. Un taxi est en panne, le moteur fumant, arrêté au milieu de la circulation. Rue de Sofia. Boulevard Rochechouart. Les façades s'éclairent de zébrures de phares. Le Tati à l'angle baisse les grilles. Des ombres traversent en dehors des clous. La nuit accentue les contrastes.

5

Les roulis d'acier s'achèvent dans un gargouillis de tuyaux, la mousse s'agglutine, puis le moulinet reprend, à toute vitesse. Une écume savonneuse éclabousse le hublot. Benoît est hypnotisé par le tambour de la lessiveuse. Il délasse ses jambes sur un banc de bois. À l'extérieur du lavomatic, le Colonel parlemente avec des gars, rescapés d'on ne sait quelle guerre.

Benoît se fait discret. Il attire cependant l'attention d'un poivrot avec une tronche d'avant-garde cubiste. Le pochard l'interpelle sans préambule.

« Alors c'est toi le nouveau casse-croûte du Colonel ?! »

Benoît fait mine de se concentrer sur l'essorage de son duvet.

« Profite bien de ton banc, mon chéri, quand l'officier t'aura retourné comme un gant d'toilette, tu d'vras rester au garde-à-vous ! » Des rires gras résonnent. Benoît ne relève ni la nuque, ni l'outrage. Il récupère son duvet, la crasse résiste encore par endroits, mais l'odeur est neutre. Il le flanque dans un grand séchoir et attend, au milieu des sarcasmes et des raclements de gorge.

Les deux compères remontent le boulevard de Magenta. À l'angle de la rue de Dunkerque, une putain comorienne, les traits mélancoliques, attend la rémission de l'aube. Ils s'arrêtent devant une palissade de chantier. Le Colonel franchit avec aisance la barrière et assiste Benoît. Au fond d'un terrain vague se dresse une maisonnette au seuil effondré. Les fenêtres sont colmatées par des parpaings. Le Colonel retire quatre blocs de ciment et se faufile.

Les deux hommes descendent dans une cave, éclairés par une lampe de poche. Le papier peint, en partie carbonisé, se décolle en lambeaux des murs. Une odeur d'essence et d'humidité. Les marches sont glissantes. Sous la voûte, Benoît tient à peine debout. Un soupirail calfeutré par un bout de carton constitue la seule échappée vers la nuit.

Le Colonel s'allonge sur un matelas, près d'une ancienne citerne de fioul. Il mélange le pastis dans une petite bouteille d'eau, sort de sa poche une plaquette de cachets qu'il gobe comme des cacahuètes. Benoît pose son duvet devant les marches de l'escalier. Quand le Colonel se rapproche pour lui proposer la bouteille de pastaga, il ne peut réfréner un geste de défense. Le visage de l'officier, dans l'éclairage de la lampe, se fait menaçant.

« Mon frère, faut pas écouter les ragots. Les pauvres, entre eux, c'est des monstres. »

Benoît n'est pas vraiment rassuré. Sous l'effet conjugué de l'alcool et de la codéine, les yeux verts de son voisin se mettent à tourner en manivelle. Le pèlerin frôle le manche de son opinel, au fond de sa poche.

Le Colonel garde ses distances. Il sort de son sac à dos un livre à la couverture rapiécée. LE POLYGONE ÉTOILÉ.

« La liberté pour un pou, achetez des poux, je fais crédit, un franc la boîte, ils sont apprivoisés, n'ayez pas peur qu'ils se sauvent, la liberté pour un pou… » Le Colonel se gratte le crâne. « On dirait qu'le vieux Kateb l'a écrit pour toi, c'bouquin ! »

Il repose le livre, bâille à s'en fracturer la mâchoire et, après un dernier regard vitreux en direction de la voûte, s'écroule sur son matelas. Benoît récupère la lampe. Il parcourt un moment le livre, y distingue une certaine beauté enfouie. Ses yeux picotent, les volutes de fioul l'enivrent. Benoît s'endort. Ses rêves se peuplent de bédouins en armes, de femmes lunaires aux chevilles cerclées d'or.

6

Le jour se cogne à un bout de carton. Le soupirail prolonge l'obscurité. Benoît profite de sa première grasse matinée depuis longtemps. Une quinte de toux apocalyptique le fait sursauter : le Colonel fume cigarette sur cigarette, fait rugir ses poumons, avant de se rincer le gosier avec le fond de la bouteille de pastis.

Le soleil est à son zénith. Benoît s'étire, sifflote un cantique de terrain vague. Il a faim, une faim tranquille, qui n'attend qu'un croissant au beurre et un café crème pour s'estomper. Le Colonel pisse dru contre la palissade du squat.

Les deux hommes remontent la rue Custine, passent le boulevard de Clichy et parviennent devant la grille d'un temple protestant, sobre, avec une façade de brique. Ils parcourent une allée encadrée de tilleuls jusqu'à un bâtiment préfabriqué.

Dans la pièce, une trentaine d'hommes et quelques femmes sont attablés devant un bol de café fumant, des baguettes de pain et de grands pots de confiture. Benoît est saisi par une puanteur sans nom, mélange abject de café brûlé, de vinasse et d'intestins contrariés.

Le Colonel et son protégé s'assoient au bout d'une grande tablée. En face d'eux, un jeune gars, visiblement attardé mental, pleure à chaudes larmes. Deux types, déjà saouls en milieu de matinée, le serrent jusqu'à l'étouffer. Benoît contemple ses frères humains : spectres chiffonnés, ramoneurs des limbes, gangrène vivante, toussotante, crachotante ; faces bleuies par le froid des nuits, estomacs bouffés par l'acidité du jour.

Des bénévoles passent de table en table pour servir le café. Certains arborent une croix en argent sur la poitrine. Ils sourient, s'enquièrent de la santé des uns et des autres. Les mots écorchent les gorges enrouées ; les regards plongent dans le café, cherchant un oracle dans le marc sombre. Ceux qui n'ont pas encore pu acheter leurs bouteilles du matin ont les mains qui tremblent, le bol a du mal à atteindre leurs lèvres. L'éponge passe et repasse sur les tables de formica. Un silence de morgue, entrecoupé d'expectorations et de bris de vaisselle.

Un cri de femme explose. « Me touche pas ! Ma chatte elle est pour mon mari, celui qu'est mort ! Lâche-moi ! »

La fille, vêtue d'une doudoune et d'un pantalon de jogging, se lève, renverse son bol. Elle est seule à sa table et s'adresse à un fantôme. Les rires fusent, l'ambiance renaît. La femme sort de la pièce accompagnée par une bénévole. Les rires se taisent.

Benoît n'a plus faim. Il jette un coup d'œil à son voisin, un vieil homme aux cheveux blancs, parfaitement peignés, avec de fines lunettes sur le nez. L'homme étale avec délicatesse la confiture sur son pain. Ses ongles sont propres, ses gestes sont empreints d'attention. Benoît lui demande s'il connaît la femme qui vient de sortir. Le vieux finit sa bouchée et lui répond avec un fort accent maghrébin : « Elle s'appelle Misère, monsieur. Ici, nous avons tous le même nom. »

Le Colonel, sèchement, prononce une phrase en arabe à l'intention du vieil homme, qui retourne à sa tartine. Il se tourne vers Benoît, les babines pleines de confiture : « L'écoute pas c'vieux con ! Les bougnoules faut toujours qu'ils jouent les sages, mais moi j'les connais, va. »

Le Colonel finit son café et se dirige vers la sortie. À voix basse, le vieil homme s'adresse à Benoît.

« Elle s'appelle Misère. Elle est folle, mais elle est fidèle. Bonne journée, monsieur. »

Benoît quitte la table. Le jeune homme en face, terrorisé, continue de chialer sur sa chaise. Un des types, à ses côtés, le tient au poignet et force sa main à se poser contre sa braguette. Benoît n'a plus la force d'intervenir. La puanteur le submerge. Le chibani, devant son café, secoue doucement la tête, en signe de résignation.

À L'AIR LIBRE. Benoît respire au ralenti. Ses pensées, ses fringues, sont encore imprégnées par la catastrophe. Heureux les pauvres : le royaume de Dieu est à vous ! Saint Luc n'a pas voulu parler de cette pauvreté-là, cette latrine dégueulasse où tout vient s'engluer. Un pèlerin n'est pas un clodo. Un homme qui s'allège n'est pas une serpillière qu'on essore. Benoît ne peut retenir ses larmes. Il rattrape le Colonel qui remonte à grandes enjambées le boulevard des Batignolles, avant de disparaître dans une pharmacie à l'angle. L'officier boit sa bouteille de sirop, les paupières froissées. Pour la première fois, Benoît parvient à soutenir son regard, plus vert que les tilleuls de l'avenue.

« Écoute-moi bien, *khouya*. Ton nom, c'est pas Misère. Tu t'appelles Benoît, adjudant de Jésus, et tu vois, t'as du boulot. »

7

Le premier jour de l'été. Les cœurs tournent en carrousel, le vent enrôle les jupes, les solitaires voient leurs plaies se rouvrir. Benoît hâte le pas. Il s'est un peu trop attardé sous le jet brûlant de la douche, à la piscine de la rue des Fillettes. Son apparence a changé, il porte des habits seyants, se lave cinq fois par semaine. Son quotidien est devenu celui d'un petit cadre de la débrouille. Chaque après-midi, il rejoint le Colonel devant le Sacré-Cœur. Il s'agenouille sur le parvis, une grande boîte en fer devant lui. La tirelire se remplit à vue d'œil. Avec la recette, les deux copains vont faire des courses au Lidl de la rue Championnet et parfois s'accordent une bière fraîche en terrasse. Le Colonel, à l'occasion, remplace la codéine par un gramme de poudre brune, qu'il s'injecte discrètement derrière la citerne à fioul. Le squat s'est quelque peu modernisé : un réchaud de camping, des jerricans, une table et deux chaises. En prévision des fortes chaleurs, le Colonel envisage même d'investir dans un petit frigo à gaz, qu'il a repéré chez un ferrailleur de ses amis.

Benoît n'est pas un imposteur. Ses prières ont la même ardeur, sa foi ne flanche pas. Les quelques billets que son acolyte lui lâche en fin de semaine, il les distribue aux bandes de gamins qui viennent s'échouer dans la capitale à l'approche de la belle saison. Benoît les observe, si jeunes, avec leurs dreadlocks, leurs piercings, leurs chiens souvent mieux nourris qu'eux, la tendresse bouleversante de leurs amours de rue, leur bohème qui sans crier gare s'achève en embuscade. Benoît pense à la marmaille, ses frères et sœurs, restés dans le Nord. Cinq années ont passé, sans nouvelles. Chacune de ses prières débute et se conclut par une pensée pour ceux d'Amettes. La culpabilité des premiers mois a cédé la place à un deuil abstrait, une mélancolie.

Le pèlerin remonte la rue des Abbesses. Il attend de longues minutes en haut du Sacré-Cœur. Il est en retard. Le Colonel a dû repartir. Il aura droit à une leçon de morale autour du réchaud, ce soir. Il descend la rue Lepic. Une jeune fille à vélo le frôle, un bouquet de fleurs posé sur le porte-bagage. Un parfum de glaïeul. Benoît passe d'une rive à l'autre, sans fatigue. À Beaubourg, il s'assoit au bord de la fontaine. Les baigneuses de Niki de Saint Phalle se prélassent, les skateurs défient les lois de la gravité, les danseurs tournent sur la tête, toupies de Harlem.

Le pèlerin continue sa promenade de santé en direction des arènes de Lutèce. Avec le cimetière du Père-Lachaise, dont il ne se lasse pas d'arpenter les venelles bordées de cyprès, c'est l'endroit qu'il préfère. Le soleil attire les amants qui se caressent sur les gradins de pierre. Un dealer fourgue des sachets d'herbe. Un vieux monsieur menace de sa canne les piafs et les mômes en rollers. Juin fait durer le plaisir. Les couples, repus de frissons, finissent par s'éloigner. Le dealer termine sa comptabilité, le vieillard, appuyé sur sa canne, invective le soleil couchant. Ne restent que Benoît et les moineaux.

La lumière bascule, aussitôt rattrapée par les lampadaires. Les arènes se font inquiétantes – bruits métalliques, glaives aiguisés, fauves qui rongent leurs cages. Benoît se met à prier à voix haute. Boulevard du Palais, les étoiles se reflètent dans le fleuve. La nuit n'est pas fiable. Rue de la Goutte-d'Or, il repère, posé contre le mur d'un immeuble, un tableau monté sur un petit châssis. Un homme et une femme, nus, enlacés sur une plage, un phare au lointain. Des feuilles mortes sont collées au gesso sur la toile de lin. Benoît emporte le tableau. À la fenêtre, en haut de l'immeuble, une jeune fille observe la scène, une cigarette anglaise au coin des lèvres. Elle ferme les volets et retourne dans les volutes d'acrylique.

Quelques rues plus loin, Benoît jette un regard furtif sur le tableau. La toile est désormais vide, vierge de tout pigment. Il abandonne le châssis sur un bout de trottoir, dépasse le square Léon et parvient devant la palissade du squat.

La maisonnée au bout du terrain vague est éclairée par la lune. Benoît pénètre dans l'embrasure. L'odeur de fioul est suffocante. En bas des marches, tout semble en place : son sac, son duvet, les conserves alignées près de l'ancienne chaudière. Une voix qui ne s'était pas manifestée à lui depuis des mois lui ordonne de ne pas s'endormir. Benoît roule son duvet et remonte les marches de la cave. Pour la première fois sa lampe éclaire le reste de la maison. Un escalier mène à l'étage. Les murs fuligineux témoignent d'un incendie jamais éteint.

SUR LE PALIER. La lune s'est glissée entre les failles des parpaings. Benoît explore d'abord une pièce, complètement vide. Il serre son duvet contre lui comme un doudou d'enfant. Il longe le couloir, le plancher grince. L'ancienne salle de bain a été déblayée, ne subsistent qu'un bidet et des tuyaux de plomb sciés à leur base. Seule la dernière pièce possède une porte. Fermée. Benoît soulève le loquet. Il distingue un lit en fer, sans matelas. Dans le halo de la lampe se profile une masse inerte – une jambe sous un tissu élimé, puis une autre jambe. Une parka, une tête, plutôt un crâne, quelques touffes de cheveux, des orbites à nu. Un garrot sur un bras décharné, une seringue quelque part. Aucune odeur. La mort sèche. Benoît fait le signe de croix. Il salue la dépouille de l'Ancêtre, le Colonel, peu importe le nom de son allié de l'autre rive. Il redescend l'escalier, passe de l'autre côté de la vie et referme le sépulcre avec les blocs de ciment.

Le pèlerin descend le boulevard de la Chapelle. Il ne se tourmente pas de questions métaphysiques. Le visible et l'invisible sont une même illusion. Les constellations ont beau être mortes depuis des millions d'années, lui parviennent encore leurs clartés. Benoît marche. Il entend ses pas résonner sur le pavé, cela suffit à sa conscience.

Derrière le ciment, d'autres pas descendent au plus noir d'une cave. Une ombre craque une allumette, se chauffe à l'incandescence du poème. L'Ancêtre apaise sa colère dans les vapeurs de fioul.

8

L'alarme d'une ambulance qui n'arrivera pas à temps. La pâleur de l'aube. Benoît longe le fleuve, passe devant un grand dôme étincelant, croise quelques passants fatigués. Le soleil verse des miroitements de cadmium sur la Seine. La tour Eiffel est voilée de brume. Les oiseaux hésitent à crier victoire. Les êtres et les choses attendent la capitulation définitive de la nuit.

Benoît suit une ligne de fuite où s'accrochent les bancs, les devantures, les kiosques, les abribus. Le décor change, les façades haussmanniennes aux balcons en fer forgé font place à de grands blocs d'immeubles. Quelques fenêtres s'éclairent. Des garages, des entrepôts, les rails d'un train de banlieue. Les premières touffes de broussailles apparaissent, la terre est tendre sous ses talons. Devant lui, de larges friches plantées de pylônes et de wagons rouillés. Un train le dépasse, puis un autre, le soleil se reflète sur les vitres sales. L'horizon peu à peu se reconstitue.

À sa gauche, un bidonville de planches, de bâches et de tôles de récupération. Des dizaines de baraques bancales, sans fondation. Certaines casemates arborent des cheminées bricolées qui libèrent un parfum de café mûr. D'épais tissus calfeutrent les planches et font office de portes. Des gosses bâillent, se frottent les yeux, chauffent leur petit ventre au soleil. Des mères puisent de l'eau dans des jerricans, lavent des tasses. Le pèlerin, attiré par l'odeur du café, se tourne vers le bidonville. Une musique monte d'un gourbi. Un homme sort, un dulcimer à la main. L'HOMME LUI SOURIT. Benoît, nomade lui-même, n'échappe pas aux préjugés. Il n'a aucune poule à protéger, pas de voiture à surveiller, pourtant il se méfie de ces gens dont la musique est sorcière et la langue indéchiffrable. Il ignore l'invitation muette du musicien.

Le pèlerin se retourne vers la ville. Il entonne un cantique entre ses dents jaunies. Un dulcimer l'accompagne de quelques notes fragiles.

IV

Cassiopée

(un coup de feu retentit, une armada de lucioles, la Loire scintille, le nègre chante, la musique cesse)

0

L'errance du pèlerin prend des contours abstraits. Certains jurent l'avoir aperçu à Colmar, saluant le retour des cigognes ; d'autres affirment qu'il s'est rompu les os aux contreforts des Pyrénées ou qu'il est mort en état de crasse dans une niche du Colisée. Des hippies lui auraient parlé au coin d'une yourte en Ariège ; un poète en fin de droits aurait déclamé en sa compagnie des stances chamaniques dans la forêt de Brocéliande. On l'a vu s'asperger d'écume aux remparts de Saint-Malo et se la couler douce sous les pinèdes d'Antibes. Tout cela est exactement faux. Benoît est là, tout près de nous. L'encre n'est pas sèche, sa foi ne s'est pas évaporée. Le grand bug annoncé de l'an deux mille ne l'empêche nullement de gérer son portefeuille d'étoiles, de surveiller le cours des saisons. En cet instant précis, notre pèlerin se gratte le crâne, assis sur une bonbonne de butane, dans un hangar à l'abandon, à quelques kilomètres de Chartres.

1

Les sycomores font rempart de leurs troncs. Un lièvre, le dernier du département, dressé sur ses pattes arrière, le museau frémissant, débusque une présence dans le vent. Ce que la bête découvre derrière un buisson, aucun de ses congénères ne l'a jamais vu : un humain se frotte contre un arbre, avec vigueur, à la manière des marcassins. Les yeux de Benoît croisent ceux du lièvre et un pacte de non-agression les lie aussitôt. Le pèlerin contre l'écorce apaise ses démangeaisons, des étincelles de vermine s'échappent de ses frusques. Sa peau est chaude, douloureuse, comme frottée à la menthe sauvage. Tatouages mentholés et cartouche d'aube. UN COUP DE FEU RETENTIT. Une petite troupe, le fusil cassé sur l'épaule, traverse la clairière. Notre pèlerin prend des airs de botaniste excentrique, fait mine de chercher un spécimen rare entre les souches. Les braconniers passent leur chemin.

Cela fait maintenant des années que Benoît est végétarien, la viande des poubelles est trop dangereuse et il ne lui viendrait pas à l'idée de chasser. Il se régale de champignons, de fruits tombés, de châtaignes bouillies. Lorsque les arbres sont stériles, il prélève aux sillons quelques pommes de terre, en payant le propriétaire d'une prière pour les récoltes à venir. Il est d'une maigreur rassurante et ne s'ennuie jamais. Il loue le Maître, dévore pour la millième fois l'Évangile de Luc, s'épouille avec volupté. Benoît est le roi du monde, un monarque crasseux. Dire qu'il empeste n'est pas suffisant. Son parfum est complexe, dense, feuilleté de strates olfactives. D'abord une senteur de gravier, d'humus, d'écorces poussiéreuses. La fragrance se prolonge sur un cœur floral : colchique décomposé, armoise, sauge amère, une nuance de sainfoin ou d'orge humide. Ensuite, le suint, le musc se mêlent à des effluves sucrés : spéculoos écrasé, canne à sucre trop mûre. La sueur apporte sa touche d'acidité, aussitôt confondue dans les miasmes de tourbe et de lichen. Enfin, une persistance iodée, une note saline, fumet de laminaires abandonnées sur la grève. Benoît se hume comme un single malt, fleuron d'Islay, un breuvage endeuillé, que les Écossais boivent les yeux clos, en songeant aux marins engloutis.

2

La nuit et son cortège. Il se redresse de sa couche de terre. Une constellation, inconnue des astronomes, prend vie. Son crâne est couronné de lentes et de poux phosphorescents. UNE ARMADA DE LUCIOLES.

Benoît devance l'aurore. La cathédrale de Chartres n'est qu'à quelques kilomètres. Les accotements de la nationale sont encombrés d'une végétation insoumise. Il distingue la flèche inimitable, les tours effilées, les courbes harmonieuses du chevet. La barque amirale, posée sur la campagne, est prête à appareiller vers le ciel. Une procession s'avance. Une centaine d'âmes serpentent à travers les parcelles ; les étendards sont larges comme des chapes, Benoît reconnaît quelques motifs – un cœur rouge surmonté d'une croix, un lion des Flandres, des drapeaux français. Il presse le pas, se prend les pieds dans une clôture. Il entend monter des cantiques en latin ; deux prêtres en soutane manient l'encensoir en tête du défilé, suivis d'enfants de chœur, les traits austères, derrière leurs lunettes de myopes précoces. Des gaillards bien charpentés, bérets et gants noirs, brandissent une banderole frappée d'une fleur de lys. Des vieillards soutenus par des hommes mûrs, des femmes et une myriade d'enfants s'avancent au son des hosannas ; certains cheminent pieds nus, les talons écorchés par la caillasse. Benoît est admiratif, il se déchausse à son tour, s'approche des processionnaires, en trottinant, ses godasses à la main. La foule d'abord ne le remarque pas. Le pauvre se tient en retrait derrière une grappe de scouts aux jambes glabres et aux godillots boueux. Il entonne à pleins poumons le Salve Regina, quelques visages incrédules se retournent. La cathédrale est toute proche. La façade supporte les gigantesques rosaces, les tympans ouvragés, les linteaux de belle facture. Le navire de pierre éclate d'une gloire sans faille.

La procession s'arrête devant le parvis, les chants s'élèvent jusqu'aux anges sculptés du fronton. Benoît sort sa gamelle et à l'aide de sa cuillère rafistolée se met à marquer le rythme. Confondant allégrement Woodstock avec Saint-Nicolas-du-Chardonnet, il tambourine, chante terriblement faux, dans un latin de cuisine, mâtiné d'un rude accent picard. Les regards, d'abord amusés, se font de plus en plus hostiles. Benoît sourit à toute volée, s'ébat devant le Seigneur comme jadis le roi David derrière l'Arche d'Alliance. Un gamin tire la manche de son père.

« Papa, papa, est-ce que c'est lui Jésus ? Mais pourquoi il pue comme ça ? »

Les parents froncent les sourcils. L'ambiance tourne au vinaigre. Un curé s'avance, le visage grave. Il entraîne le pouilleux à l'écart, fouille dans les poches de sa soutane et lui donne quelques pièces, sans un mot. Benoît ne comprend rien, sa joie devient incontrôlable, il jette les pièces à la volée au-dessus de sa tête et se met à brailler : « Mammon, t'es foutu ! Les chrétiens sont dans la rue ! Tous ensemble, tous ensemble ! Ouais ! Ouais ! »

Les Camelots du Roi posent leur banderole et s'emparent de notre malheureux pèlerin, qui se fait traiter de gauchiste et de beatnik. Personne ne le frappe, mais les mâchoires crispées, les gants de cuir prêts à s'abattre calment aussitôt son enthousiasme. Le pouilleux observe la procession pénétrer sans lui dans le sanctuaire. Il attend un moment devant le porche, puis franchit le seuil, à pas feutrés. La messe a commencé. La lumière, filtrée par les vitraux, inonde la nef. De toutes les cathédrales que le pèlerin a visitées, Chartres est la plus émouvante. La voûte transporte les voix des fidèles, reprise par les orgues. Le prêtre se lance dans une homélie vibrante. Benoît est bouleversé, il s'éprouve piétaille et brindille, dans l'air chargé d'encens. Il longe une travée et, sans aucune lassitude, dépose son fardeau aux pieds de la Reine des Blés. Des larmes décrassent ses joues, l'orgue monte dans sa poitrine.

Dans la nef, une jeune fille, entourée de ses parents, ne peut détacher le regard de cet homme agenouillé, le corps secoué de frissons et de sanglots. La messe est dite. Les enfants de chœur rangent la sacristie. Benoît dialogue toujours avec sa Bien-Aimée, lui énonce les fleurs inconnues sur le chemin, lui donne des nouvelles du lièvre, des grives, des arbres. La jeune fille, tandis que la foule quitte la cathédrale, échappe à la vigilance de ses parents et s'approche de lui. Une voix timide.

« Excusez-moi, monsieur, je ne sais pas comment vous dire ça… Vous êtes si beau quand vous priez. J'aimerais tellement m'abandonner comme vous le faites. » Benoît ne sait que répondre. Il dit en désignant la statue de l'Immaculée : « Je suis amoureux, c'est pour ça. »

Sur le porche, le pauvre contemple la procession qui disparaît à travers les meules de blé. Benoît est un chrétien instinctif, il suit l'Évangile à la lettre, à la trace. Jésus marche : Benoît l'accompagne. Le Fils de l'Homme jeûne : Benoît se prive. Le Seigneur souffre : il morfle à l'unisson. Il sait bien que sans le faste et la puissance, la Chrétienté n'existerait plus depuis belle lurette ; l'Église n'est pas une hutte de branchages, une maison bleue accrochée à la colline. Benoît s'entête à déployer sa foi comme un drapeau blanc au sommet d'une hampe brisée. Il est prêt à mourir pour que résonne la Bonne Nouvelle, mais cette clameur, qui se propage en averse, en vagues, en flocons, il ne lui semble pas nécessaire de l'imposer, ni de la défendre, il lui suffit de l'écouter. Benoît est un vitrail en miettes. Un morceau de verre que la lumière transperce de part en part.

3

Les volubilis grimpent en volutes, les ressorts de l'aube grincent, des amants invisibles s'ébattent dans la clairière. Le nom du pèlerin est au bec des ramiers, aux pétales des pivoines. Benoît ne peut faire un pas sans que se retournent les tournesols. Auprès des hommes, par contre, les désillusions se multiplient ; subjugués par les écrans, leur cerveau pixelisé par l'angoisse de n'être pas modernes, ses contemporains sont pour lui un mystère insondable. Le pauvre hausse les épaules, fait son office d'hirondelle et picore les miettes. En ville, il regarde les gros titres des magazines dans la vitrine des tabacs presse, récupère un journal chiffonné. Quand la France entière célèbre la trajectoire d'un ballon dans un filet, le pèlerin est au désert, à shooter dans une pomme de pin.

La Loire roule son sillage limoneux, la faim laboure ses chairs. Benoît est un corps en mouvement, un corps migrant, un corps radieux. Et ce siècle n'a plus de mythe qui puisse le porter. Au Moyen Âge, il aurait été le Juif errant, le colporteur de l'intervalle. En Amérique, il serait peut-être un *hobo*, monté en fraude à bord d'un wagon d'éternité, un harmonica au coin de l'âme. Devant lui, l'éblouissement des hauts plateaux, les canyons pourpres, la sirène des fabriques de Cincinnati, les brumes de l'Ohio, les bayous qui fument au soleil et le maïs qu'on mâche avec la sensation de bouffer des grains de paradis. Il y aurait une rédemption, un accord mineur, une mâchoire crispée qui libère ses vannes de pitié. Il y aurait Johnny Cash – son front de pasteur, sa voix de taulard, ses mains de miséricorde. Ici, Benoît doit écrire son épopée du bout de ses godasses, parmi des hommes et des femmes de bonne volonté mais de peu d'espoir. Aux contrepoints savants, aux assonances raffinées qu'exalte la terre de France, manquera toujours le gospel, l'harmonie surgie des chairs martyrisées. L'Ancêtre ne chante plus.

Benoît ne sait rien de l'Amérique, de ses mythes, de ses mensonges. Il passe Bonneval et Châteaudun, contourne Marchenoir et Vouvray. Sous ses talons, la France s'éclaire : lumière vendômoise, clarté tourangelle. LA LOIRE SCINTILLE. Les paysages de l'Homme peu à peu s'adoucissent. Près de Sancerre, un vigneron bourru insiste pour lui faire goûter son dernier cru. Incapable de continuer sa route, les tempes échauffées par l'alcool, le pèlerin dort dans une grange, à côté d'une moissonneuse. Le lendemain, il partage avec le vigneron une tartine et un bol de café sur une nappe cirée.

Benoît zigzague vers le nord. Il découvre le nom de villages exotiques : Culan, Boussac, Hérisson, Montmarault. Dans un champ, il ramasse des brins de seigle ; sans prêter attention à la poudre rouge sur les tiges, il mâchonne pour tromper sa faim. Quelques kilomètres plus loin, il est assailli de vertiges et s'effondre. Le feu de Saint-Antoine embrase ses chairs – maux de tête ignobles, spasmes, délires. Le visage tourné vers les nues, il croit apercevoir l'ombre définitive. Il n'a pas peur. Il est déçu que son corps cède déjà, que la mer soit si loin. Un sportif du dimanche le découvre, blafard, les pupilles retournées. L'homme commence un massage cardiaque. Le pauvre crachote du seigle, du sang. Le joggeur sort de sa poche un téléphone portable. Benoît doit sa survie à la technologie. Son corps défaillant est transporté d'urgence vers l'hôpital de Bourges.

4

Une montée d'astre. La fenêtre recueille les lueurs filtrées par un store. Ses yeux frayent avec l'obscurité, son cerveau n'imprime rien. L'espace qu'il découvre lui paraît un décor. Il ressent la nuit en frôlements contre son corps. Il s'efface.

Le jour brille à la fenêtre, dépouille la chambre de son mystère. Le pauvre revient à lui. Il constate les rideaux élimés, les vitres obturées de chiures de mouche, la peinture écaillée au plafond. Des relents de désinfectant imprègnent les draps. Bien qu'admis aux urgences dans le coma, Benoît n'a pas été placé en soins intensifs ; en fouillant dans sa besace, ne trouvant pas de papiers d'identité, les médecins ont préféré l'exiler aux larges des Déontologies, dans une aile en réfection de l'hôpital, l'ancien département des tuberculeux. Son sac a été entreposé au sous-sol. Le directeur a décrété que ce serait un aide-soignant, un Haïtien fraîchement débarqué, qui s'occuperait de lui, à son bon vouloir, après ses obligations dans les autres services. Le jeune homme, il s'appelle James, officie dans l'ombre. À la tombée du jour, il apporte de nouveaux draps, des taies d'oreiller propres et tout un attirail de secouriste. Il manie l'arnica, le mercurochrome et l'eau oxygénée, nettoie les excréments en sifflant, asperge la chevelure de répulsif contre les poux, passe le peigne avec l'attention d'une fillette pour sa poupée. James a consolé plus de cadavres qu'aucun médecin de l'hôpital n'en verra jamais, son nez est rompu à l'haleine des charniers, le dégoût n'a aucune prise sur lui.

Un soir, émergeant de l'hébétude où le maintiennent les sédatifs, Benoît aperçoit son bienfaiteur. Au bord du lit, James chante, en lui massant les pieds. Dans sa bouche, le créole est une tasse de café-pays, sucré et brûlant, dont l'arôme est blessure. La tendresse que le nègre fait passer de ses mains aux talons ramène Benoît aux plus belles pages des Évangiles…

Après une longue journée de marche, le Galiléen pénètre dans le vestibule d'une maison banale, aux murs mal chaulés, les fenêtres aveuglées de tentures poussiéreuses. Jésus s'attable, grignote quelques fèves, accepte l'hospitalité du maître de maison. Une femme franchit le seuil, un flacon d'huile parfumée à la main. C'est une étrangère, une pécheresse. Le Fils de l'Homme laisse la femme oindre ses pieds d'un nard épais, les essuyer avec ses cheveux, malgré le regard désapprobateur de son hôte et la honte qui empourpre le visage des Apôtres. Des larmes roulent en ruisseau au cou de l'étrangère. Une plénitude l'envahit, celle de la tétée, de la berceuse du soir. Elle est pleine d'une joie dont la violence dépasse en tout le carnage de sa vie.

« Mwen ka ba ou de men-m / de ba savon lave / kite-m savonnen pye-w / jouk lannwit kimen jou... »

LE NÈGRE CHANTE. Benoît se manifeste en bougeant légèrement les chevilles. James fait passer sur son visage un éclat de rhum ambré.

« Elle est belle votre chanson.

— C'est une vieille *merengue* de chez nous. »

Benoît comprend meringue et trouve l'image plaisante.

« De quoi ça parle votre meringue ? J'veux dire, les paroles…

— C'est un poème pour les pieds d'une femme. »

Ce sont les derniers mots que Benoît distingue avant de replonger dans les limbes.

Ses cils se défroissent, la clarté s'engouffre en lui. Benoît se lève sans peine. Il est nu. Il cherche ses habits sous le lit, au plafond. Nada. Il sort dans le couloir, le pavillon est en état de siège, des gravats jonchent le sol, la plupart des carreaux aux fenêtres sont brisés. Il observe les peupliers au-dessus des toits, leur feuillage jauni. La lumière est automnale, la brise le fait frissonner. Difficile de retracer le périple qui le mène jusqu'au hall de l'hôpital : sa nudité heurte la pudeur de plusieurs infirmières, fait rire une grappe de gamins en robe de chambre et provoque un scandale à son arrivée devant la réception. Il passe pour un satyre, un hurluberlu, un naturiste allemand, un activiste viennois, un sectateur de Satan, un adultère sorti du placard, un modèle des Beaux-Arts, un échappé de la camisole, un phénomène de foire. Benoît, sans se départir de sa bonhomie naturelle, insiste pour récupérer ses habits et sa sacoche. On l'entraîne dans la salle de repos des infirmiers, une jeune interne manque de s'évanouir. Le médecin chef intervient en personne et se propose d'aller chercher les fringues de l'énergumène au sous-sol. Benoît veut remercier le nègre aux cataplasmes, son bienfaiteur. Le médecin se montre confus, affirme que ce dernier a pris des congés, et sans s'embarrasser de plus d'explications, le fait raccompagner par deux infirmiers patibulaires, direction la sortie.

5

Il est long le chemin, redoutable l'Aquilon venu du nord, qui s'immisce à travers les mailles de sa pelisse. Les belettes et les lapins de garenne voient leur pelage s'étoffer d'un rehaut de poil douillet, les arbres renforcent leur écorce. Benoît n'a que sa peau à opposer à la saison morte. Le ciel est cassant, prêt à se fracturer. Le jour délivre une lueur médiocre. Le fleuve se débat entre les rives, refuse l'étranglement de la glace. Benoît lave l'écharpe de son père. Le rouge et l'or ont pâli, la laine est rêche comme la faim. Des croassements lugubres. La plaine est laquée de givre, les bouleaux et les hêtres sont refuges aux corbeaux. Se dessinent les rambardes enneigées d'une autoroute. Lyon est un point à l'horizon.

La ville est figée dans un sommeil comateux. Les magasins sont fermés, les passants fixent leurs souliers pour se repérer dans le brouillard. Le pèlerin a le projet de se recueillir à Notre-Dame de Fourvière. Il imagine Lyon comme une place forte de la chrétienté, une cité auréolée de cierges. Tout a beau s'acharner à lui démontrer son erreur : l'indifférence des bourgeois, les policiers aux airs de souteneurs, les voyous sans éclat, la vilenie qui boursoufle le visage des toxicos de la gare Part-Dieu, il s'accroche à son désir têtu de voir en la capitale des Gaules un havre de piété.

Le froid martyrise ses genoux, il ne peut s'empêcher de grimacer en remontant l'avenue Garibaldi. Une musique lui fait marquer un arrêt. Il cherche un long moment la source mélodieuse. Dissimulé par le pilier de soutènement d'un immeuble, un jeune homme souffle dans un saxophone, un chapeau de feutre à ses pieds. Le garçon a les cheveux ras, il est vêtu d'un simple polo à manches courtes, d'un jean et d'une paire de baskets, il semble immunisé contre la neige. Sa face est cramoisie, les notes sillonnent à travers son ventre et sa gorge avant de retentir dans l'air gelé. Benoît n'entend pas grand-chose à la musique, à ses oreilles elle est sacrée, quelle que soit son appellation. Les stridences du saxophone le soulèvent de terre. Benoît découvre le Jazz. Le musicien s'arrête sans prévenir. L'écho du cuivre résonne encore quelques secondes. Le saxophoniste ramasse son chapeau, le secoue pour en chasser les flocons et le remet sur son crâne avec un sourire triste.

Le pèlerin remonte la presqu'île et, après la place des Jacobins, parvient devant les marches de l'église Saint-Nizier. La bâtisse est modeste, aux dimensions d'une paroisse de quartier. Jadis, avant la naissance de Benoît, les pétroleuses du MLF et les glorieuses putains s'étaient hissées sur le parvis pour brandir leurs soutiens-gorge. Vingt ans plus tard, des sans-papiers en rupture de longitudes se sont couchés sur les dalles du transept. Le pèlerin, au contact de la pierre, sait que l'enceinte n'a pas été désertée. Le Maître est là, derrière la porte de bois. Benoît psalmodie, à voix basse, avec la certitude d'être entendu. Il se fait l'intercesseur du saxophoniste de l'avenue, prie pour sa bonne fortune. Benoît dit le nom du Père, celui du Fils et de l'Esprit Saint. Il trace, sur l'horizon, un signe de croix et une clé de sol.

Benoît remonte la rue d'Algérie. Il passe le pont de la Feuillée, son esprit dérive, iceberg au fil du fleuve. Des nuages matelassés d'ombres encerclent la ville. À l'angle de la rue des Pierres-Plantées, Benoît retrouve la mélodie qui trottine sur la glace. Il reconnaît le musicien. Le jeune homme souffle avec le désespoir d'un condamné à l'échafaud. Le sax émet des jappements de loup affamé. Le musicien scrute la neige devant lui, ses cils ne clignent pas, sa vie s'écoule à travers les conduits de cuivre. Il est le loup sur la steppe, en quête de son propre sang. Benoît a les larmes aux yeux. Le Jazz, appuyé sur son épaule, fait de son mieux pour le consoler. LA MUSIQUE CESSE. Une jeune fille emmitouflée dans un châle en laine s'approche. Son visage est doux, ses yeux sont deux pistaches. Elle sourit et ses dents sont d'une parfaite blancheur. Le saxophoniste la laisse venir comme une promesse. Ces deux-là s'aiment. La fille enlace le musicien, baise son front, ses lèvres. Les deux amants s'embrassent sous le palanquin du ciel, puis s'éloignent, enchâssés comme le fer et la plaie. Benoît se perd dans les méandres blancs de la cité. Il marche, au fil de la neige, sur les traces des amants de la Croix-Rousse.

V

Le Bouvier

(le sacre du printemps, jappements sur les cimes, vivant dans la couleur, le temps des moissons, orpailleur de minuit, la joie d'être nu)

0

Il paraît que Jésus est passé près de nous, à la pause de midi, et que nous l'avons confondu avec un homme-sandwich. Il paraît qu'à la gare de l'Est, alors qu'il multipliait les miettes de pain, les vigiles lui ont fait passer le goût du miracle. On dit qu'au mitard de Fresnes, des matons lui ont défoncé la mâchoire. Plus personne ne vient le voir, le dimanche, derrière la vitre du parloir. On dit qu'il a été interné, qu'il bouffe des cachets de toutes les couleurs et que les aides-soignants ont arrêté de le laver. Dans un charter aux ailes déployées, la bouche close par du sparadrap, on dit qu'il nous a pardonné à tous. Il paraît qu'il est mort de froid, à Bordeaux, sur un banc public. Il paraît.

1

Lundi 19 mars 2001. 15 h 45. Mazan-l'Abbaye. Température : 2°. Vent d'ouest. Température ressentie : – 10°.

Le pèlerin quitte le pays de Gévaudan. La burle transporte des flocons aigus, tranchants ; les congères s'élèvent au-dessus des épaules, le bitume se lézarde sous les assauts du gel. Quelques fermes, les toits coiffés de lauzes, rythment la blancheur de la plaine. Benoît n'a jamais connu froid plus sauvage. À son cou, l'écharpe de son père. La steppe s'étend, se multiplie en collines, en encaissements. Une forêt de sapins se profile, une odeur de résine. Les aiguilles des conifères ont la dureté du métal ; il se pique les cuisses à travers le tissu de son pantalon afin que son sang ne coagule pas. Il dort en marchant, à la manière des chevaux de la taïga. Les étoiles sont limpides, la carte qu'elles dessinent au ciel lui confirme que le chemin est le bon. Il finit son ultime croûton de pain. Ses mains sont au bord de la nécrose, ses pieds, qu'il préfère ne pas sortir de ses chaussures, sont dénervés, insensibles.

Benoît parvient dans un hameau, au milieu des ruines d'une abbaye dont ne subsiste que le chœur effondré. Assis sur une pierre de taille, il s'engourdit, s'enfonce dans un sommeil dangereux. Le Maître ne relâche pas sa vigilance. Un faon, surgi des profondeurs des bois, galope parmi les pierres, frôle ses jambes, avant de s'enfuir le long d'un chemin forestier.

Benoît se remet péniblement en route. Devant lui, un tunnel creusé à travers la montagne. L'eau suinte des parois, s'égoutte sur son front. Après un long moment dans le noir, il distingue un minuscule point lumineux que chacun de ses pas agrandit. Un vent tiède passe sur ses cheveux. Éblouis, ses yeux découvrent une vallée, un ciel sans nuages, des arbres bourgeonnants, des falaises noires piquetées de genêts. Il fait doux, presque chaud. Les derniers flocons de neige fondent sur sa parka. Benoît n'éprouve pas le besoin de prier, d'ajouter aux vibrations des arbres et des roches sa pauvre voix humaine. Il se concentre sur la symphonie des orgues basaltiques, la violonnade des crêtes. LE SACRE DU PRINTEMPS.

2

Le torrent coule entre les failles sa fureur glaciale. Les frênes se penchent vers l'eau vive. Allongé sur la rive, Benoît boit avec avidité. En haut des crêtes tintent les grelots d'un troupeau en transhumance. Il passe un pont de pierre. La route est encadrée d'une paroi végétale et d'un ravin qui dégringole vers la vallée. La montagne abrite quelques maisonnées, à flanc de roche. La fumée des cheminées s'enroule aux châtaigniers en fleur, les bruyères exhalent une odeur séminale. Il croise une camionnette, conduite par un homme aux cheveux blonds, au visage tavelé. Le conducteur ralentit, le jauge avec neutralité, sans méfiance, ni sympathie. À l'arrière de la fourgonnette, deux chiens s'ébrouent, langues pendantes et poil crasseux.

Benoît emprunte une sente abrupte jusqu'à un verger planté d'arbres efflorescents, pruniers, pommiers et cerisiers. Une libellule le guide jusqu'à la rivière – l'eau est claire, les cailloux brillent, les moustiques taquinent la surface. Une rangée de hêtres en guise de paravent, Benoît se dénude, choisit une vasque en forme de baignoire et se confond avec le courant. Il clapote, se retourne, donne de petits coups de pied. En sortant du ventre de l'eau, il observe son épiderme, couvert de plaies infectées. Ses pieds sont noirs, la gangrène rôde. Il s'allonge sur un rocher, se laisse envelopper d'un linge de vent.

Le Maître bat le rappel du peuple des pollens. Les papillons s'envolent, abandonnant la corolle des fleurs et le crottin des moutons. Le pèlerin endormi est recouvert d'un nuage polychrome. Les plus remarquables spécimens de la Création s'affairent autour de son corps meurtri.

Le Machaon, le Point de Hongrie, la Virgule et le Citron de Provence soulagent escarres et verrues.

Le Fluoré et le Fadet des Garrigues apaisent les éruptions.

Le Demi-Deuil, le Silène et le Grand Nègre des Bois distillent leurs sucs bienfaisants sur le pityriasis du cou et le zona des paupières.

L'Esclave Vieil-Homme soigne les varices, le Molosse assèche les furoncles. Le Jeannot de Mettray et le Germain Nouveau fignolent les ultimes mycoses.

Sur une branche de prunellier, dirigeant les opérations, l'Ange Mineur bat des ailes en cadence.

JAPPEMENTS SUR LES CIMES.

Les chiens du cratère font entendre leurs voix. Les papillons s'élancent en spirale.

Benoît ne s'étonne pas de sa nouvelle peau, saine et propre. Il ramasse une pomme dans l'herbe, la décortique avec son canif et grignote au fil de la rivière.

3

La nuit s'avance sans escorte. Les constellations se croisent. Benoît se couche au pied d'un sureau. La nuit. Les pierres. Les pierres de nuit.

Au matin, la montagne est bleue. Les pentes secouent leurs parements d'ombre. Le bleu s'écrase tendrement sur la chair des pierres, chair granuleuse, chair amoureuse. Les pierres remuent, mais cela ne se voit pas. Rien de ce qui est essentiel ne se voit, la lente montée des sèves, le rouge aux joues des amants, les états d'âme de la montagne. Pourtant, le jour est là, avec le bleu qui rejoint le ciel, l'ocre qui dégringole des crêtes, le vert tendre qui enlace la vallée, le rouge qui trahit les amants.

Benoît se lève. VIVANT DANS LA COULEUR. Il marche sur le crâne des ancêtres, les coulées de lave sèches. Il se remémore un temps que seules les pierres ont connu.

Un matin, longeant le torrent, il découvre un jardin potager, organisé selon un chaos harmonieux. Une rangée de tournesols délimite les différentes parcelles ; les salades sont à terme, les tomates montent sur les tuteurs, les courgettes s'ornent de belles fleurs jaunes. Une source dévale la montagne, se déverse dans une grande cuve en plastique et irrigue les sillons grâce à un réseau de rigoles creusées à la binette. Un homme, torse nu, la tête couverte d'un chapeau en cuir, bêche avec ardeur. Le jardinier aperçoit Benoît et l'interpelle dans un baragouin où se mêlent l'allemand, l'anglais et le français.

« Ich bin really kaput. If you help moi pour éplucher les marrons, you are my invité pour le dinner. Ok ? »

Benoît n'est pas sûr d'avoir compris, mais il accompagne l'homme jusqu'à une baraque de planches et de tôles. La hutte sent la sève de pin et la viande grillée. Des fourrures de lapin sont clouées aux parois. Sur une claie de bois sèchent des poivrons et des tomates ; au centre de la cambuse : un tapis de braises et une grande marmite en fonte. Des bouteilles de vin sont posées sur une table, à côté d'un livre de poche en anglais : *The Dharma Bums*.

Le type désigne un gros tas de châtaignes dans un coin de la pièce. Il plonge par poignées les marrons dans la marmite. Benoît l'imite.

« Wunderbar ! Great ! » Le gars s'allume une pipe bourrée d'herbe parfumée. Tout l'après-midi, les phalanges noircies, les deux hommes épluchent un bon millier de châtaignes à la pointe du couteau. Ensuite, le jardinier mitonne un ragoût de courge muscade, de pommes de terre et de rutabagas, relevé au piment d'Espelette. Il explique à Benoît qu'il fait appel à des « kleine geister », des petits esprits qui veillent sur la récolte ; il dépose des offrandes au milieu des parcelles, parfois un bol de lait, le plus souvent de l'herbe et du vin.

« Kleine geister, they are totally défoncés. Und ils font good vegetables für mich ! »

Notre pèlerin sourit dans sa barbe à l'évocation de ces rituels païens. Le ragoût est succulent ; encouragé par son hôte, il remplit deux fois son assiette de faïence ébréchée. Il décline toutefois l'invitation à dormir, ne voulant pas assister à une cérémonie animiste où des lutins toxicomanes se perchent sur des citrouilles. Il se réfugie, quelques kilomètres plus loin, dans un bâtiment agricole à l'abandon. Les sangliers grognent en contrebasse, les broussailles s'animent.

Benoît sort de l'ancien pigeonnier, où il a grelotté une bonne partie de la nuit. Il tourne au coin de la ruine et sa face blêmit. Un agneau vautré dans l'herbe le fixe d'un œil absent. La bête respire par à-coups, sa carcasse se gonfle et se vide dans un bruit de soufflet. Sa gorge est entaillée sur toute la longueur, un ruisseau de sang noir s'écoule sur la terre.

Sur le chemin d'en face s'avance un homme avec une brouette en fer, suivi par deux border collies qui jappent. Benoît reconnaît le chauffeur de la camionnette qu'il a croisé quelques jours plus tôt, sur la route des châtaigniers. L'homme est grand, mince, les cheveux emmêlés, ses pupilles claires illuminent un visage bruni par le soleil. Il empoigne l'agneau ensanglanté, le dépose dans la brouette. « J'sais pas comment il a pu se traîner jusqu'ici. J'l'ai égorgé deux cents mètres plus loin.

— Vous… vous allez le manger ? »

L'homme secoue la tête. « Non. Il était malade. Il souffrait. J'vais l'enterrer ou bien j'vais l'brûler.

— Ce serait mieux de le brûler avant de l'enterrer », dit Benoît sans réfléchir. Sa candeur désarmante lui vaut un sourire. « C'est une bonne idée. » L'homme le regarde bien en face. « Vous êtes sur mon terrain… Pour cette nuit, je dis rien, mais ce soir, faudra partir. »

Le type s'éloigne en poussant la brouette mortuaire sur le chemin, les chiens à ses basques.

Soudain, l'homme lâche prise. Le cadavre de l'agneau roule sur le sol.

« Manau ! Taga ! »

Les deux chiens s'élancent. Le type sort un sifflet de sa poche. À l'ouest, une marée blanche dévale la colline. Les bêtes sont paniquées, se coincent les pattes, se piétinent. Nuage de poussière, martèlements de sabots, aboiements, coups de sifflet. Les chiens remontent la colonne des moutons, mordent les jarrets, sans parvenir à endiguer l'avalanche. Le berger siffle à s'en rougir les tempes, les bêtes foncent droit sur lui. Benoît le voit disparaître dans un déluge de laine. Le pèlerin garde son calme et tend la main vers le flot animal. Le troupeau se fige. Un instant plus tard, les moutons bêlent et broutent avec placidité.

L'homme au sifflet se relève, empoussiéré des pieds à la tête. « Merci. Vous êtes berger ?

— Je suis chrétien, c'est un peu la même chose », répond benoîtement Benoît en caressant l'encolure d'une brebis.

L'homme fait signe de l'attendre. Un quart d'heure plus tard, il revient avec une couverture, une baguette de pain, des olives noires et un jerrican d'eau.

« Vous pouvez dormir ici. Si vous voulez prendre une douche, y a le tuyau d'arrosage au fond du jardin. »

Le berger ne semble pas plus à l'aise que Benoît pour la conversation. Il se racle la gorge.

« J'aurais besoin de quelqu'un qu'a un bon contact avec les bêtes pour m'donner un coup d'main.

— ...

— Bon, ben vous réfléchissez et vous m'dites demain. Ça paie pas énorme comme boulot, c'est fatigant, mais c'est nourri et logé. »

Benoît baisse et remonte le menton avec un grand sourire. Il tend sa main à l'homme qui la serre d'une poigne franche.

« On commence demain matin. Six heures. J'm'appelle Gilles. »

Le berger et le troupeau disparaissent derrière la colline. Benoît déguste les olives et le pain, adossé au mur du pigeonnier. Une éclaircie traverse le ciel, frôle les crêtes et se pose sur son front.

4

Les mois passent. Parenthèse de sueur, d'aurores abrégées, de crépuscules qui s'attardent. Benoît s'est métamorphosé. Ses muscles sont durs à force de soulever les ballots de paille, de brandir la fourche, de récurer la bergerie. Il se lave tous les jours à la rivière. Il a jeté ses vieux habits au feu, ne quitte plus son bleu de travail et ses chaussures de chantier. En juin, Maxence, le neveu du berger, revient pour la tonte des bêtes. Benoît demande à passer sous le rasoir. Les poux rampent dans la poussière.

Crâne et joues glabres, notre pèlerin entame sa nouvelle vie. Il se plaît à guider les moutons, les caresser, les rabrouer quand nécessaire. Le labeur ne lui pèse jamais, même lorsqu'une bête s'égare dans la montagne et qu'il faut la chercher jusqu'au milieu de la nuit. Benoît est un pasteur épanoui et silencieux. Au détour d'un sentier, il rencontre parfois le père Charbonnier, le bouilleur de cru. L'octogénaire, en quête de baies sauvages pour parfumer l'alambic, escalade la falaise avec la vigueur d'un jeune bouquetin. Il ne parle que l'occitan, les quelques mots qu'il maîtrise en français évoquent le soleil et le parfum des garrigues. Benoît salue l'homme-montagne et rêve de vieillir, afin de pouvoir à son tour confondre sa chair avec le paysage.

Une amitié bourrue le lie au berger. Les deux hommes triment côte à côte, pendant des heures, au jardin, dans la grange, sans échanger un mot. Le soir, Gilles se roule une cigarette, les coudes sur la table éclairée par une lanterne à pétrole. Il regarde les ombres épouser les crêtes, les terrasses d'oliviers s'éteindre une à une. Il observe Benoît, les prunelles scintillantes dans le halo de la lampe. Les deux hommes font une partie de belote, sirotent un verre de liqueur de prune, puis Benoît retourne dans le pigeonnier. Il dort sur un matelas de camping, découvre la rusticité des toilettes sèches : un simple seau en fer et de la sciure de bois. Il mange les légumes du potager, boit l'eau de la source, au bout du terrain.

Dominique, la compagne de Gilles, une jolie brune, les yeux fardés de khôl, vient chaque week-end. Elle cultive sous une serre des plantes médicinales : sauge, mélisse, aubépine et valériane. Benoît apprend à reconnaître les familles de fleurs, à préparer les tisanes que Dominique vend au marché. Gentille sorcière à l'accent chantant, elle est aussi loquace que son compagnon est muet. Benoît l'écoute comme on écoute les cigales et lui répond d'un hochement de tête ou d'un sourire rêveur.

LE TEMPS DES MOISSONS. Benoît monte sur le tracteur, trimbale les meules sur ses épaules. Après trois jours d'efforts, les moissonneurs se rassemblent pour un grand barbecue. Il y a Fred, le poète garagiste, Willy, le voisin apiculteur dont la barbe de patriarche abrite toujours une abeille ou deux, Béatrice, qui apporte ses faisselles de brebis, Tom, le maçon philosophe, et Camille, la nièce du berger, qui travaille le cuir et dont le visage espiègle n'est pas sans émouvoir le pèlerin solitaire. On redessine le monde, un verre de viognier à la main. Benoît se sent accepté, il a trouvé dans cette vallée perdue une tribu de femmes et d'hommes libres qui entendent bien le rester.

Depuis quelques mois, l'Ardèche est en ébullition. Le projet de forage de gaz de schiste cristallise les colères, les autocollants fleurissent sur le pare-brise des voitures. La cause fait l'unanimité, rassemble les paysans, les chasseurs teigneux, les néo-ruraux et les post-soixante-huitards. Le gaz de schiste ne passera pas !

Un soir, accompagné de Gilles et de Dominique, Benoît se rend à un meeting du côté de Privas. Sur l'estrade, un petit bonhomme avec des yeux malicieux et des mains de laboureur tient le public en haleine. Benoît est fasciné. Le petit homme parle avec des mots de tous les jours, des mots d'évidence, son discours avance par paraboles et métaphores. Il raconte l'histoire d'un colibri qui participe à l'extinction d'un incendie avec son bec humide de rosée. Pendant le débat qui suit la rencontre, Dominique prend la parole. Visiblement émue, elle gueule : « Ils veulent violer Maman-la-Terre avec leurs foreuses dégueulasses ! » Tonnerre d'applaudissements. Les esprits s'échauffent, certains parlent de sabotage, de kidnapping de grands patrons. Un chaman venu de Haute-Loire propose de réveiller l'âme des morts et de les entraîner à la lutte armée. Une institutrice se contente de pleurer à chaudes larmes dans le micro. Pour conclure, Pierre Rabhi, c'est le nom du petit homme, invite les indignés à rester unis et vigilants.

Sur le chemin du retour, dans la voiture qui descend le col de l'Escrinet, Benoît s'interroge sur le sens de la longue marche qui l'a mené au pied des volcans. Depuis son installation dans la vallée, l'enfant d'Amettes évolue dans une sobriété heureuse. Il accepte l'argent du berger, mais ne dépense pratiquement rien. Il découvre l'euro, les nouveaux billets, les nouvelles pièces. De temps à autre, il s'offre un croissant au beurre chez le boulanger ou un pot de miel chez le père Willy. C'est tout et c'est assez.

5

Les saisons se chevauchent. Un poêle à bois est installé dans l'ancien pigeonnier. Benoît taille les arbres, aiguise les outils, consolide les clôtures. Il trouve dans ce travail en plein air une source de joie aussi intense que la prière et la marche. Il revient de temps en temps à son Évangile, tourne les pages au hasard, goûte une parabole comme on s'accorde une cigarette à la fin d'une journée de chantier. Un dimanche par mois, il va à la messe dans l'église du bourg. Après l'office, devant la Bergère des Âmes, il raconte ses journées, parle de cette brebis qu'il avait crue condamnée et qu'une concoction de fleurs d'hellébore avait sauvée. Il explique les sautes d'humeur de ce satané tracteur qui ne démarre pas, malgré les heures passées à trifouiller son moteur. Benoît déverse un flot d'anecdotes, il prie comme on discute, au coin d'une table, sans une once de gravité.

Au sortir de l'église, le pèlerin passe voir Camille dans son atelier. Il observe la jeune fille coudre au fil de chanvre des sacs à main, des portefeuilles, couper avec des ciseaux argentés des plaques de cuir à l'odeur musquée. Il fait le joli cœur, marivaude sans penser à mal. La demoiselle, qui feint d'ignorer le trouble qu'elle provoque, souffle la fumée de sa cigarette sur son front rougissant.

Benoît sort de l'atelier, un sourire niais aux lèvres. Il se dirige vers le ruisseau dont le chant liquide se fait entendre derrière une butte de fougères arborescentes. Benoît s'enfonce dans l'eau claire. Il patauge un temps interminable. Il ne remarque pas la présence de deux touristes cachés derrière un bosquet qui ricanent et le prennent en photo. Il remet ses vêtements sans prendre le temps de se sécher. Le crépuscule verse ses teintes violacées sur la pente des volcans. Par réflexe, il cherche son chapelet autour de son cou, dans ses poches, contre son cœur. Benoît dévale le chemin, retourne vers la rive. Ses mains draguent le torrent, soulèvent les galets, accrochent un morceau de bois, un collier de branches. Il remonte à l'aveuglette des pépites d'or pur, qu'il rejette dans le courant comme de vulgaires osselets. ORPAILLEUR DE MINUIT. Le souffle rauque, il s'échine, détrempe ses vêtements, écorche ses paumes sur l'arête des pierres. Une salamandre aux écailles phosphorescentes l'égare vers des trous d'eau où le torrent se fait brutal. Il manque de se noyer, se coince les reins entre deux rochers et gémit sous les étoiles.

À l'aube, il bat en retraite, piteux et ruisselant. La rue principale du village est déserte, les volets de fer de la boulangerie sont baissés. Il s'approche de la fontaine, en bas de la voie romaine. Sur la mousse verdâtre qui tapisse la cuve, un objet incongru. Son vieux chapelet est là, intact. Cette découverte le plonge dans un abîme de perplexité.

Le soir, après la partie de cartes, il passe dans la bergerie, chuchote à l'oreille de chaque bête. Sa décision est prise. Gilles le rejoint sur la terrasse, face aux montagnes. Il apporte un magnifique sac de cuir, avec de larges lanières et des chevrons de fer, le cadeau que Camille lui avait offert pour ses cinquante ans. Le berger pose la sacoche aux pieds de Benoît, sans un mot. Il retourne dans la maison, revient avec trois baguettes de pain et des olives enveloppées dans du papier journal.

« Ça devait arriver, pas vrai ?… Tu penseras à nous autres sur la route. Le bon Dieu, moi, j'le connais pas. T'as pas voulu m'emmerder avec ça et c'est tant mieux. »

Le berger n'a jamais enchaîné autant de phrases depuis que Benoît le connaît. Les constellations s'élancent, en estive dans le ciel d'août. Une étoile filante traverse la voûte noire. Les deux amis, sans se regarder, sourient.

6

Les empreintes sur le sol, les clôtures couchées, les potagers en pagaille ne laissent planer aucun doute : les sangliers sont de retour. Benoît entend des coups de feu à travers la ramée. La forêt s'enfle de rumeurs, de cliquetis métalliques, de jurons. Une gigantesque battue s'organise. La Préfecture a donné carte blanche aux chasseurs pour faire place nette.

Benoît grimpe sur un talus, se fraye un passage dans une châtaigneraie touffue où la lumière peine à percer. Il se souvient d'une conversation, un soir, avec Gilles. Ce dernier lui avait expliqué que les sangliers du secteur n'étaient qu'à moitié sauvages. Vingt ans auparavant, un éleveur porcin avait accouplé l'une de ses truies avec un rude spécimen des bois, donnant naissance au « sanglochon » ou « cochonglier », une espèce résistante aux frimas et effroyablement fertile. Un soir, l'éleveur, distrait ou éméché, selon les versions, avait laissé la grille de la porcherie ouverte et les sanglochons s'étaient carapatés, se disséminant dans les forêts, forniquant au clair de lune. En quelques saisons, des centaines de bêtes s'étaient répandues aux alentours, semant la désolation. L'éleveur, pris de remords, s'était pendu à un châtaigner, mais le mal était fait.

Son nouveau sac de cuir sur l'épaule, le marcheur accélère; les détonations se rapprochent, une balle siffle, brise une branche juste au-dessus de sa tête. Benoît se méfie. Un jour, en transhumance dans la vallée, il s'était interposé entre un chevreuil et une bande de braconniers en armes. Depuis, il est pratiquement inscrit sur la liste des gibiers. Il s'éloigne des traces de sabots qui jonchent le sol, emprunte un sentier qui monte vers les crêtes. Il sort de la forêt, à découvert. Si les chasseurs le canardent, ils ne pourront pas plaider l'accident. Le soleil distribue sa lumière, chaque recoin du paysage reçoit sa part. Le grand pont de fer qui enjambe la rivière brille comme une arme de poing. Les terrasses se diaprent d'un subtil dégradé d'ocre et de cadmium.

Benoît n'est jamais monté aussi haut. Les genêts se font rares, quelques touffes de thym, des ronces, et bientôt ne reste à ses pieds que la pouzzolane, dont les couleurs oscillent entre le vermillon et le brun. Il atteint le sommet, de gigantesques rochers se dressent comme des idoles renversées. Il boit à la gourde en aluminium que Gilles a glissée dans le sac. Le panorama est splendide, irréel. Benoît sent une joie immense l'envahir, une sensation presque désagréable à force d'intensité. Sa joie se tourne vers le soleil, tourneboule les pentes, bouleverse le tuf, exalte les volcans.

La joie d'être sur le chemin. La joie de n'être qu'un passant. Joie de ne rien posséder et de n'être possédé par rien. LA JOIE D'ÊTRE NU. Entièrement nu. Nu dans son entier. Nu face au vent, nu face au destin, nu face à la joie.

VI

Grande Ourse

(un vibrion, Pont-Saint-Esprit, l'annonce faite à Marie, tombeau ouvert, la fraîcheur le couronne)

0

Benoît s'enracine et s'envole, le corps chaviré par les ondes. Son joug est facile à porter et son fardeau léger. Ses prières circulent par monts et par vaux, en bluetooth, en mains libres. Benoît est une application dépassée. Il n'a aucune ambition, pas de plan de carrière. Il se moque de la récession comme de la croissance. Il additionne les jours, soustrait les heures. Son algorithme est un lever de soleil sur le maquis. Peu importe que demain on l'oublie, vieux spam dans la corbeille, adresse introuvable, syntax error en guise d'épitaphe. Pas sûr qu'une alerte clignote sur notre écran tactile, qu'un tweet lui rende hommage ou qu'un flashmob s'improvise. Benoît se connecte au serveur étoilé. Une aurore magicienne interfère avec la nuit.

1

Un kayak s'aventure au plus tumultueux du torrent. Du haut de la falaise, l'embarcation n'est qu'un rondin de bois et l'homme qui file à sa perte, dans sa combinaison rouge, celui qui pagaie en vain, qui brise sa rame contre la pierre, qui ne veut pas imaginer la mort, puisque ce n'était pas prévu dans le contrat de location – vu des sommets, l'homme est une fourmi prise dans le siphon d'un évier.

Benoît fait un geste de la main, il interpelle avec vivacité le vent et le déferlement des flots. Le canoë, soudain, échappe au ressac et s'échoue sur une plage de gravier. La fourmi rampe sur le sol ; elle veut croire en sa petite providence personnelle, son premier réflexe est de vérifier que son téléphone portable n'est pas endommagé. Benoît n'a pas sauvé l'un de ses semblables, il a intercédé pour la vie. Il n'est pas humaniste, pour lui, l'essence précède l'existence et la création enveloppe la créature. Tout est sensible ! – Et tout sur son être est puissant. La fourmi, en contrebas, jette son téléphone et le piétine avec fureur.

Le pèlerin poursuit son ascension. Il arpente le chemin de crête, les rayons du soleil balaient le calcaire. Sur les parois, les lichens se multiplient en traînée indigo ; une horde de choucas pousse des cris en frôlant son épaule. Dans les anfractuosités s'épanouissent les genévriers et les corbeilles d'argent ; un lézard vert se carapate et soulève un nuage de poussière. Grâce aux leçons de Dominique, la compagne du berger, Benoît sait désormais nommer les espèces qu'il tutoie ; il s'est constitué un herbier mental où trouvent place l'iris nain, les biscutelles, la petite coronille et les grands asphodèles.

La chaleur monte sans préambule. Benoît porte la gourde à ses lèvres. L'eau imprègne ses entrailles, ruisselle en bonne sueur. Il s'adosse à l'ombre d'un bosquet de tilleul, les sauterelles bondissent par dizaines des touffes d'herbes sèches ; il veille à n'en écraser aucune. Il empoigne sa besace, ne se lasse pas d'en admirer les épaisses coutures. Le cuir a bruni, s'est nourri de sa transpiration. Il sait que la sacoche lui survivra. Il bâille, s'allonge et somnole. Un frottement remonte ses flancs et glisse avec lenteur vers son sternum. Il ouvre une paupière – son œil gauche continue de rêver. Une vipère s'est lovée au-dessus de son nombril, parfaitement immobile, les écailles luisantes. Benoît ne songe pas à s'enfuir, moins encore à frapper. Il contracte son ventre pour offrir au reptile une surface plane. La tête triangulaire se tourne, une petite langue fourchue et rosâtre siffle de contentement.

Benoît sourit et sa paupière droite se referme. Au réveil, ses doigts tâtent sa poitrine, palpent un ruban de tissu rêche. Il ramène devant son visage la mue du serpent et la dépose avec soin au fond de sa poche.

L'après-midi touche à sa fin, le soleil demeure implacable. Benoît marche sur le plateau, attentif aux suppliques des arbres assoiffés. Il passe devant une petite chênaie, se met torse nu, enroule son tee-shirt comme un turban sur son crâne. La beauté soudain le fige. Une arche de pierre, immense, se dresse en contrebas de la falaise. Le sommet est coiffé d'épaisses frondaisons, le mistral s'engouffre sous l'arcade à la poursuite des eaux.

Le pèlerin a trouvé un oratoire à sa mesure, une basilique de roches dentelées et d'onde pure. Il s'agenouille, des larmes embuent ses cils. Le dos voûté, les bras croisés sur la poitrine, Benoît ressemble à une Magicienne dentelée, ce phasme des contes de fées, dont on dit qu'il s'enfante lui-même et se régénère dans la mort.

Le soleil descend en majesté, échelon par échelon. La nuit vient dans les yeux des chouettes, dans leurs feulements et dans leur faim. La lune est brillante. Les chauves-souris s'aventurent loin des failles, leurs canines de vampire brisent la carapace des grillons à chair d'agrume. Le meurtre est partout. Et ce n'est pas le gros lézard dont les serres d'un choucas fouillent les tripes qui pourra dire si l'aube est moins cruelle. Benoît, allongé, caresse son chapelet. Les astres exécutent leurs tours de passe-passe, escamotent le ciel.

UN VIBRION. Une poussée souterraine. La falaise retrouve la mémoire des temps fossiles. Benoît se contracte, serre les poings. Il a reconnu la menace des anciens dieux. La fatigue, le venin diffus de la lune, forcent son corps à l'abandon. Son esprit descend au fil de la paroi, guidé par la lueur d'une lampe creusée dans un galet. Une odeur de graisse animale. La clarté du lampion entraîne l'esprit du pèlerin vers une fissure noire qui débouche sur une vaste cavité ornée de stalagmites. La lampe vacille dans la nuit primitive. Après des heures, des millénaires, la lueur frôle une paroi, dévoile des formes, des teintes : traits de cendres, pigments d'os broyés. Une main de femme s'avance, badigeonnée d'une épaisse couche de glaise. Une respiration rauque et lente. La main se retire et imprime son contour en pochoir. Soudain, la lumière s'impose, la grotte révèle ses mystères – des tigres à dents de sabre, un léopard, des chevaux à longue crinière galopent dans le faisceau fragile du lamparo. Au centre, posé sur un autel de roche, le crâne de l'ours, surmonté d'une torche de résine. L'oxygène se raréfie. La lumière gonfle, enfle, se répand en vagues aveuglantes.

Ses paupières s'ouvrent.

Le soleil frappe ses pupilles, brûle sa cornée.

Pour les vautours qui vrillent le ciel, le renard sorti de la chênaie, un goût de viande sur les babines, Benoît appartient à la mort ; il est juste endormi. Le voilà qui s'éveille. Les anciens dieux sont effrités à ses pieds. La Grâce a conquis chaque atome de son être. Le soleil balbutie de vagues excuses, les vautours se résignent à la famine. Benoît bâille comme un bienheureux.

2

L'horizon distille un blanc minéral. Benoît transpire, s'égoutte pas à pas. Assailli par les moustiques, des plaques rouges conquièrent ses bras. Il pénètre dans un hameau encerclé par la vigne, non loin de Crozes-Hermitage. Pas âme qui vive sous le cagnard. Des pupilles, derrière les persiennes, épient chacun de ses gestes. Il s'arrête devant une fontaine, s'abreuve goulûment et entreprend de récurer ses fringues contre le rebord de pierre. Un grincement de porte lui rappelle son impudeur. Benoît se rhabille à la hâte et regarde s'approcher un type entre deux âges, en jean et débardeur. Le gars n'a pas l'air d'un viticulteur, plutôt d'un soldat en permission. « Faut pas faire vot' lessive ici… C'est là qu'on boit nous… Y a une rivière en bas… Faut pas rester… Ici, on n'aime pas les ennuis… Y a une rivière en bas… »

Les paroles sortent avec lenteur. Le pèlerin, la main ouverte en signe d'apaisement, dit d'une voix forte : « Vous êtes chez vous ! La paix vous accompagne !

Pas d'ennuis, plus d'emmerdes, juste une rivière qui coule en bas. Soyez bénis, vous et vos enfants et vos femmes et votre fontaine ! »

L'homme se renfrogne, son poing se durcit. Il a peur. Il imagine déjà le feu aux granges, sa femme écorchée vive, le crâne défoncé par une pierre. Avec ses cheveux crasseux, sa barbe séculaire et ses yeux qui dévient de leur axe, Benoît lui apparaît comme un hippie démoniaque, échappé du Spahn Ranch, un fanatique qui écrit en lettres de sang des prophéties sur les murs. Le pèlerin perçoit l'affolement de l'homme, il replie son sourire et murmure : « Je m'en vais, monsieur. La paix soit sur vous. » Le gars n'a pas desserré le poing, son regard est celui d'un amoureux, capable de tuer. Benoît s'éloigne, traverse le hameau. Sur le seuil d'une maisonnée, une femme aux longs cheveux roux l'observe, un garçonnet caché dans les plis de sa robe.

Après une petite colline, il voit surgir la garrigue. Sa tunique, battue par le vent, est déjà sèche. Les cyprès se contorsionnent pour résister à la bourrasque, les cigales font crisser les bosquets d'épineux. La terre est une poterie trop cuite. Le ciel se gorge d'un bleu céruléen, sans le moindre filet de nuage. PONT-SAINT-ESPRIT. La campagne est belle. Les feuillus signent la fin des Cévennes, les figuiers augurent la Provence. Benoît se laisse aller, en pilotage automatique. Il séjourne quelque temps dans une réserve naturelle, près d'un étang asséché. Il passe la nuit dissimulé dans une bambouseraie. Les bruants des roseaux viennent picorer la vermine de son manteau. Au réveil, il voit passer un couple d'amoureux qui chemine main dans la main en suivant un gamin à bicyclette. Benoît songe sans amertume à sa condition de célibataire errant. Il se moque bien d'être laid et seul et fou, pourvu que la Vierge daigne le regarder le temps d'une adoration. La Flèche Ardente, la Fontaine des Humbles, la Fleur des Étangs.

Le pauvre ne s'inquiète pas de ses côtes saillantes, de son teint maladif. En béatitude permanente, son cerveau n'imprime que l'essentiel : le courant de la rivière, la poussière de la route. Il ne lit plus guère son Évangile, dont les pages sont devenues indéchiffrables. Il préfère vivre la Bonne Nouvelle au prix de ses dernières forces. La faim anesthésie ses muscles, purifie ses os. Ses rêves prennent la couleur des maquis – or pâle, sienne brûlée, ombre de Chypre, hématite. Benoît retrouve les tableaux de Danielle, la veuve des corons, ces bouts de cartons peints où éclatait le Sud.

3

Les péniches somnolent au bord du fleuve. Une file ininterrompue de voitures et de camionnettes engorge le périphérique. Créneaux et tourelles se détachent dans le bleu roi de l'azur. Benoît traverse le flot des carrosseries, s'approche des remparts. Il passe la porte Saint-Lazare. Des affiches polychromes sont placardées sur chaque centimètre carré de mur, retenues par des ficelles ou collées à même la pierre. Les jupes sont courtes, les hommes portent des panamas et des chemises de lin. Des effluves de vin rosé s'exhalent des terrasses. Tous les trois pas, Benoît se voit proposer des bouts de papier. Il parcourt les tracts d'un œil curieux puis les jette à la poubelle.

Place Pie, un groupe de saltimbanques donne un récital. L'accordéon accompagne un chœur de femmes dont la justesse du chant fait oublier la grivoiserie des paroles. Benoît voit défiler les plus belles excentricités : un groupe de geishas en kimonos traditionnels tambourine sur des gongs, un carrosse de bric et de broc s'avance, tiré par des athlètes grimés en centaures ; un bateleur remonte l'avenue en marchant sur les mains. Rue du Muguet, il s'arrête pour écouter un rasta de haute stature qui éructe un slam véhément contre l'injustice et la misère du monde ; ses dreadlocks tournoient, ses prunelles lancent des éclairs, mais son ventre rebondi, à travers sa chemise, indique qu'il mange à sa faim. En pleine féerie, le pèlerin ne sait plus où porter son regard. Il passe la nuit dissimulé dans un buisson du parc des Carmes. Au matin, une affiche attire son attention. L'ANNONCE FAITE À MARIE. Théâtre du Chêne Noir. Il mémorise le nom de la rue.

Le festival vient de commencer. La cité papale attire, en plus des aficionados des planches, quelques joyeux spécimens d'illuminés. Son allure de routard céleste accorde à Benoît le privilège de rencontrer tout ce que la ville compte d'agités du bocal. Rue des Fourbisseurs, il fait ainsi la connaissance de Gérard Le Bolzec, un ancien ostréiculteur de l'île d'Oléron. Un beau matin, Le Bolzec a découvert dans un banc de Fines de Claire le visage démultiplié de saint Cybard, un obscur bienheureux des Charentes-Maritimes. À l'époque, l'ostréiculteur n'a aucun penchant mystique, et naturellement, en ouvrant les premières coquilles, il croit d'abord à une maladie rare. Constatant que la Sainte Face s'imprime dans les entrailles gélatineuses d'une bonne centaine d'huîtres, Gérard Le Bolzec admet l'impensable. Il prend la décision de consacrer sa vie à répandre la nouvelle du miracle et commet un livre de plus de cinq cents pages : *Les*

Huîtres de Miséricorde, qu'il tend à présent à Benoît en précisant que, malheureusement, il ne peut pas accepter les chèques. Benoît n'est plus le bigorneau candide de sa jeunesse, il jauge le bonhomme d'un air goguenard, prétexte qu'il ne sait pas lire et tourne au coin de la rue.

Place des Corps-Saints, une femme entre deux âges, vêtue d'une longue robe de communiante, l'aborde et à son tour lui conte son épopée avec une pointe d'accent provençal fort agréable. Samantha Dujardin, c'est le nom de la demoiselle, après de brèves études d'infirmière, a choisi le monde de la nuit. Elle était danseuse au Pharos Club, un cabaret libertin de l'arrière-pays nîmois. Selon ses dires, c'est elle qui a introduit en France la mode de la danse sur barre, venue des États-Unis. Elle est devenue une attraction, ses contorsions en petite culotte, à huit mètres de hauteur, lui valaient des pourboires mirobolants. Mais un soir, alors qu'elle esquissait une figure particulièrement périlleuse – une sorte de grand écart à la renverse –, ses mains ont lâché prise et la pauvre Samantha s'est écroulée, tête la première. Après de longues minutes dans un coma profond, où Marie Madeleine en personne, habillée pour l'occasion comme une danseuse des Folies Bergère, s'est penchée sur son cas, Samantha a décidé que désormais son existence serait éclairée par les stroboscopes de la foi. Elle vend le DVD de son nouveau spectacle à un prix très modique. Les finances de Benoît étant en deçà même de la modicité, il prend son air le plus humble, encourage Samantha d'une tape sur l'épaule et prend congé.

C'est en toute fin d'après-midi, au sortir du square Agricole-Perdiguier, que Benoît croise la figure débonnaire de Jean Coulin, dit Jeannot-la-Foudre. Ce dernier n'a rien à vendre de particulier, si ce n'est son histoire, qui vaut, en effet, son pesant de cacahuètes. Agent EDF, menant une vie bien ordinaire, Jean Coulin, un jour qu'il remettait aux normes européennes le système électrique d'une église de son Auvergne natale, s'est pris une joute carabinée. « Une décharge à terrasser un condamné du couloir de la mooort ! » Benoît reçoit une averse de postillons sur le nez, en gage de la sincérité de son interlocuteur.

Jeannot-la-Foudre a survécu. Il a quitté son travail, laissant derrière lui femme et enfants. Depuis, sa mallette à la main, il connecte au grand circuit électrique de l'Éternité chaque passant dont le voltage lui semble suffisant.

Benoît se laisse passer le tensiomètre le long du dos. La machine clignote et se met à bipper sans discontinuer. Le visage de Jeannot s'illumine, ses lèvres tremblent : « Alléluia, j'ai jamais vu ça ! Mais regarde l'aiguille ! Tout dans l'rouge ! Mon bonhomme, t'es un saint, autrement c'est pas possible ! »

Lorsque l'électricien s'agenouille et s'apprête à brancher des pinces crocodile au bout de ses chaussures, Benoît prétexte un rendez-vous urgent et se carapate.

Un crépuscule gorgé de chaleur et de moustiques descend sur les remparts. Devant le théâtre du Chêne Noir, une file d'attente déborde du trottoir. Benoît n'a pas cherché à mendier et ses poches sont par conséquent toujours vides. Il attend qu'un ticket tombe du ciel. Une statue de la Vierge, préservée des outrages de la pollution, le surplombe à l'abri d'une niche. Le pèlerin oublie la foule, le temps, l'espace et bascule dans la parenthèse sacrée.

Le public qui patiente observe ce performeur à genoux, loqueteux et tellement authentique. Les murmures vont bon train, l'exaltation monte : « Le centre de gravité du spectacle s'est déplacé… une déterritorialisation absolue… » On se met à citer, pêle-mêle, Bertolt Brecht, Thomas Ostermeier et Claude Régy. Et quel acteur, quelle sobriété ! Néo-butô ou post-kabuki, on ne sait pas, on ne sait plus, on brûle de savoir ! La foule d'ores et déjà conquise pénètre dans le théâtre. Benoît se relève du trottoir, s'égare dans les rues nimbées de parfums de sarriette et de frites carbonisées.

Le lendemain, toute la presse se fait l'écho de la pièce où Benoît a joué un rôle décisif. Le jeune metteur en scène est interviewé en direct sur France Culture. La journaliste à l'antenne, expérimentée et finaude, l'interroge sur cet étrange acteur qui s'est révélé au public la veille au soir. Le jeune homme, soucieux de probité, admet qu'il ne le connaît pas, qu'il s'agit d'un heureux télescopage et que cet individu anonyme participe à sa manière à ce qu'il est convenu d'appeler le « miracle du théâtre vivant ». La formule est bien troussée et notre Benoît qui ronfle à l'abri d'une poterne se voit, aussitôt l'émission finie, recherché comme le nouvel espoir des planches hexagonales. Des micros et des caméras le traquent dans chaque ruelle. Des témoignages concordants, notamment celui, précieux quoique confus, d'un certain

Jean Coulin, confirment la présence du pèlerin, la nuit précédente dans un passage souterrain près de la porte Magnanen. Benoît demeure introuvable.

Histoire de ne pas revenir bredouilles, les journalistes abandonnent le micro à Jeannot-la-Foudre, le meilleur ami de l'acteur mystère, qui fait sur les ondes cette confondante déclaration : « Cet homme-là, mesdames et messieurs, c'est une pile éternelle, l'alcaline du Seigneur, son cœur y disjoncte pour que les plombs pètent pas au-dessus de nos pauvres têtes. »

4

Le goudron de la départementale a fondu. Un chien aplati régale les mouches. Le soleil frappe à coups de massue. À droite, un paysage lunaire. Une coulée de terre rouge dégringole d'un canyon et se mêle à un tapis d'ocre pâle. Benoît prolonge la route jusqu'à Rustrel. Il boit et remplit sa gourde à la fontaine sur la place de la mairie. Il récupère, sur une table en terrasse, un exemplaire du journal du matin abandonné par des touristes. Il découvre l'horreur. La canicule fauche les hommes comme des fétus de paille. Des vieillards par milliers agonisent dans les appartements, les hospices, les lazarets. Rungis a dû ouvrir ses hangars réfrigérés pour entreposer les dépouilles des parias de l'ère moderne. Aux côtés des primeurs, des viandes, des tulipes, dans le va-et-vient industrieux d'un pays qui se veut prospère, des cadavres aux joues ridées attendent la rémission du linceul. Benoît pense à l'Ancêtre, la langue noire, cherchant un filet d'air sur le carrelage. À travers ses sanglots, il improvise une prière à Frère-Soleil pour l'enjoindre à la clémence ; sa supplique répand sur la plaque ardente du ciel une rosée de compassion.

Le crépuscule vient enfin. Sur le bas-côté de la départementale, derrière un muret, il remarque une petite cabane de pierres sèches. Benoît se traîne à l'intérieur de la borie. Son pouls est faible, sa fidèle guimbarde, son cœur de pauvre, commence à le lâcher. Il sort de son sac l'écharpe de son père. Le tissu est en lambeaux. Il s'éponge le front. La nuit charbonne la campagne. Une lourde macération de lavande envahit son refuge. Benoît ne peut pas dormir. Il prie en sourdine; la prière l'épuise, ses lèvres s'ouvrent sur le vide. À ne pas dormir, on devient fou. Benoît le sait, sa mère, au village, le lui avait répété sur tous les tons.

« Dors, petit ange, petit salaud. Je t'entends prier derrière la porte, je préférerais que tu te touches et que tu ronfles, mais tu pries, encore et toujours. Je t'entends, tu sais, et je te découvre, livide au petit jour. Dors, mon ange… »

Sur le bûcher des heures blanches, la voix de sa mère.

Benoît répond : « Oui maman, je te promets, je dors déjà. »

Il rassure cette femme, morte il y a des lunes, sans qu'il en ait été averti. Morte dans le remords d'avoir laissé glisser hors de ses cuisses un être si pur qu'il en devenait répugnant. Un apôtre sans avenir, la fleur à la bouche; son fils, Benoît, qu'elle a chéri jusqu'au bout et qui un soir est parti, laissant un poème naïf sur la nappe cirée.

Oui, maman est morte, c'est sûr. Elle est morte avec la canicule et moi aussi je vais crever, pour rien. Benoît délire, il n'est même plus certain de connaître son nom, son âge, ni ce qui justifie sa présence sur la terre. Ses journées sont interminables et ses nuits sont comptées. La faim le dévore comme une goule.

Le pèlerin sort de son abri et se livre à la route. Il marche de longues heures sur la piste bitumée. Les étoiles géométrisent dans le ciel.

Une voiture freine derrière lui, des pneus dérapent, une vitre se baisse. Benoît continue d'avancer, perdu entre veille et rêve.

Une voix le hèle : « Jésuuus ! Tu vas à la mer ? Viens, mon prale, j't'emmène ! »

Une portière claque. La lumière aveuglante des phares découpe une silhouette. Benoît s'approche en maugréant. Un homme trapu, la cigarette au bec, les cheveux noirs, vêtu d'un costume froissé et d'une chemise au col douteux, lui adresse un sourire qui se prolonge par une longue balafre jusqu'à l'arête du nez.

« J'vais aux Saintes, voir Sara la Noire, ta maman. Allez, Jésus, embarque ! J'ai des clopes et du carburant cinq ans d'âge ! »

Le cerveau de Benoît recoupe les informations : Jésus, maman, la mer. Il monte à bord de la berline.

TOMBEAU OUVERT. Ligne blanche, reflets disloquées par la vitesse, frottements des yeux et des pneus sur l'asphalte. Deux cents chevaux galopent dans la nuit. Le chauffeur, les sourcils lissés par la sueur, fume d'une main, tient le goulot de la bouteille de Chivas

Regal de l'autre. Le volant se débrouille tout seul. La place du mort n'a jamais si bien porté son nom. Benoît prie pour que la bagnole n'écrase personne, ni homme ni bête. Le visage du pilote passe d'une sérénité de bouddha à la démence totale, le temps d'un virage. Le whisky éclabousse ses joues, il ricane et se met à japper une langue au cambouis, un argot de fête foraine.

« Yésouse, quand j't'ai vu sur la route, non, en fait, d'abord j't'ai pas vu, j'aurais pu t'écraser comme le chevreuil tout à l'heure, t'as pas reluqué le sang sur les jantes ? Ben toi, j't'ai vu au dernier moment et j'ai pilé ! J'ai dit, merde, mais c'est Jésus ! Si tu le laisses marcher tout seul, c'est un autre qui l'écrasera et ça c'est un péché, ouais, un péché capital… »

Benoît n'a pas l'énergie suffisante pour imposer sa voix dans la conversation. Il se tait et colle ses prunelles au pare-brise poussiéreux.

« Moi, j'te dis, y a pas de hasard. Figure-toi que Jésus, c'était aussi le nom de mon beau-frère, enfin mon ex-beau-frère. Son nom en vrai, hein, sur ses papiers et tout. Un fumier que c'était, ce Jésus-là, un chien d'la casse. Il pilavait toute la journée. Le matin, y se grattait une couille et le soir l'autre. Et cette fausse couche, y foutait des trempes à ma p'tite sœur, lui disait des saloperies, j'peux même pas t'le répéter. Faut voir comment qu'il la dérouillait, avec sa ceinture, ses poings, ses pompes, putain, y lui a pété le nez dans tous les sens ! »

Violence des paysages nocturnes. Les champs de lavande sous le halo vengeur des phares. Les radars en bord de route flashent à répétition, la boîte de vitesses morfle, le moteur vit un enfer. La garrigue s'allume, désert lugubre et ensauvagé. Salamandres et vipères complotent sous les broussailles. Des bandelettes de brume flottent dans le faisceau paranoïaque des ampoules. Le mistral, soufflé des pueblos maudits, refuse toute fraîcheur au monde.

« Ce bâtard, on l'a serré hier soir, avec les cousins, près de Manosque. J'te jure que ses couilles lui grattent plus, ni la droite, ni la gauche... Comment qu'on a pu l'appeler Jésus ?! Ses parents, c'étaient des bons rabouins, ça j'dis pas... »

Benoît ne saisit pas le sens des couplets qui voltigent dans l'habitacle. Il somnole, s'éveille en sursaut, la voix de l'homme l'empêche de sombrer tout à fait. La nuit atteint sa complétude de magie et d'angoisse. Les fossés débondent de ferrailles suspectes. Un grand lac. L'eau est calme, couverte de paillettes dorées, luisantes comme les canines arrachées à un cadavre. La terre et l'eau se confondent, l'or se répand sur l'herbe sèche, les phares, les pupilles du chauffeur, les étoiles de shérif au ciel.

« Maintenant, il a de la terre dans la bouche. Il dira plus ses trucs sales à ma sœur. Y a encore la pelle derrière... dis, j'devrais peut-être la jeter, non ? Hein, j'devrais la balancer, qu'est-ce t'en penses ? Oh, et puis merde... »

La lune fait tourner son barillet. Le whisky tiède excite les nerfs, brouille la vue, affole le sang. La route file vers la mer. Les premiers embruns se mêlent à l'odeur du tabac.

« J'vais te dire, Jésus. Avec ton chapelet, là, autour de ton cou, tu pues la sainteté, j'l'ai capté direct. J'vais ouvrir la fenêtre, faut pas t'offenser, hein, mais ça croudave de trop. »

Le chauffeur ouvre la vitre, jette son mégot et se rallume aussitôt un autre clope.

« J'suis chrétien, moi, j'crois en Dieu. Tous les ans depuis que j'suis en âge de pisser tout seul, j'vais aux Saintes avec la famille. J'me mets à genoux devant Sara, la pauvre mère, et je chiale ma race. Putain, ma race elle chiale depuis tous les siècles, elle pleure du sang et moi avec… »

Bercé par les cahots de la carlingue, Benoît ne perçoit pas la poésie qui gagne la voix du chauffeur, pas plus que l'aube qui jette ses premières brindilles dans le feu.

« C'est une ordure qu'est au fond du trou, tu peux m'croire, mais j'arrive pas à oublier, comment qu'y respirait encore, la terre qui roulait sur sa gueule, dans ses cheveux… Jésus tu m'écoutes, bordel ?! »

Un coup de poing dans l'épaule. La bagnole s'arrête sur le bas-côté. L'homme a le regard d'un ange exterminateur mais sa voix reste douce.

« Regarde, on arrive à la mer. Tu vas aller dans l'église et tu vas prier Sara, pour le moulo, pour notre race qui saigne. Tu diras au bon Dieu qu'Il me pardonne. Moi, j'ai plus la force. Tu promets, Jésus ? »

Benoît s'engage à prier pour l'homme et pour les siens. La voiture reprend sa route.

L'aurore dévoile les marais, les roseaux et les maisons couvertes de crépi jaune. Le pèlerin voit la Méditerranée tendre ses digues vers l'horizon. Il serre son chapelet contre sa poitrine. La bagnole ralentit à l'entrée de la ville. Personne dans les rues.

Les réverbères s'éteignent un à un. Devant l'église la voiture s'immobilise. Benoît remercie le chauffeur d'un signe de tête et sort de l'habitacle, le sac sur l'épaule. Le conducteur baisse la vitre. Son visage est creusé par la nuit.

« On se reverra pas… Latcho drom, mon prale. »

L'église Notre-Dame-de-la-Mer ressemble à une forteresse avec son donjon, ses tourelles et ses mâchicoulis. Au-dessus du fronton, cinq cloches massives. La porte est ouverte.

Les cierges au bout du transept sont la seule source de lumière. Benoît remonte la nef, dépasse des colonnes ornées de figures inquiétantes : des diables, des saints, des feuilles d'acanthe. Il descend vers la crypte.

Sara la Noire, la Dame au Cœur de Sable, l'attend depuis des siècles. Sur le mur sont accrochés des ex-voto de bois et de marbre. La statue est protégée par un rempart de cierges dont la cire brûle éternellement.

Sara a revêtu sa robe de jeune mariée, de jeune défunte. Un diadème argenté couronne son front. Ses grands yeux de Camarguaise draguent le limon des âmes.

Benoît s'allonge, à plat ventre, les bras en croix. Ses lèvres, à quelques millimètres du granit, murmurent l'espoir et l'abandon.

5

Les salines sont mauves. Des milliers d'algues affleurent à la surface, leurs tiges épaisses flottent sur l'eau comme les tutus de jeunes danseuses. La perspective se divise en larges aplats : bleu de Prusse au firmament, jaune clair des herbes desséchées, gris des cailloux sur la rive. Les tas de sel dégorgent au soleil, réserves blanches qui cernent le panorama et accordent au regard des passages. Au loin sont des manufactures coiffées d'un sfumato cendré. Des flamants abasourdis par la lumière égaillent le ciel. Un vernis brûlant enrobe le paysage, l'accouche d'une abstraction sensible. Ce miracle, beau à défenestrer un peintre, Benoît le reçoit en pleine poitrine, sans cesser de marcher.

La route est fournaise. Son front se craquelle. Le pèlerin fait alors ce qu'aucun fils d'Adam n'a fait avant lui : observant un flamant se poser sur l'eau pour se réfugier à l'ombre des roseaux, il plonge, tête la première dans le marais.

Aussitôt le sel se jette sur lui, ses plaies s'éveillent à la douleur. Il se presse vers un bosquet d'ajoncs, se calfeutre entre leurs ramures. LA FRAÎCHEUR LE COURONNE.

Benoît rampe vers la berge. Son épiderme est englué d'une bave épaisse, celle des pendus du gibet d'Aigues-Mortes. En quelques minutes, l'eau de son habit s'évapore. Une myriade de cristaux retombe sur l'asphalte.

Aux confins de la piste de bitume, un pont métallique.

Plus loin, le spectre d'une ville.

Benoît passe le pont.

Un rond-point lui offre plusieurs chemins possibles.

Il choisit les dunes sauvages, la promesse de l'écume.

VII

Petite Ourse

(le silence se fait, chemin de croix, personne)

3

Benoît n'est pas au rivage. Il est à la peine. Le vent marin le gifle, embrouille ses pupilles de sable. Les pentes succèdent aux pentes. Prospectus souillé que le mistral déplace à son gré, il se traîne, ses genoux s'enrayent – vieilles poulies, vieux ligaments. Son visage grimace. Nulle trace de sourire. Sa gourde est vide, son ventre est moins que cela.

La mer, toute proche, palpite derrière les dunes. De ne pas voir les vagues, sa douleur s'augmente. Benoît s'aide de ses mains, de ses coudes ; sa barbe frôle les touffes d'herbes, sa bouche les rumine. C'est une chiffe molle qui atteint le sommet de la butte. Une bourrasque manque de l'envoler. Il fait front. Devant lui, un phare, surmonté d'une cabine de verre.

Le vent transporte des éclats de rire. De petits êtres bâtissent et écrasent des édifices de sable. Le pèlerin reste un long moment à contempler les vagues.

Le crépuscule gagne la plage. Les derniers parasols se replient. Une clochette tinte. Un marchand de glaces ambulant tire sa carriole le long du rivage.

La lune est au pinacle. La plage s'éclaire d'une lueur bâtarde. Le marcheur parcourt les dunes en direction du phare. Son souffle puise dans la fraîcheur de la nuit. Il s'attache aux moindres bruits, attentif aux frôlements, aux rumeurs.

Un crabe farfouille dans une flaque ; un renardeau cherche sa mère à travers les chardons.

Le phare est à quelques mètres. Un bruit d'étoffe, de peau frottée. Benoît ralentit le pas, camoufle son haleine. En contrebas, dissimulés par les rondeurs du sable, un homme et une femme s'enlacent. Baisers et chuchotis. Des mains s'agrippent, explorent, s'aventurent dans les replis secrets. L'homme bouge avec lenteur, ses reins montent et descendent, naviguent dans la houle. La femme accompagne la complainte des eaux, le fracas des vagues qui s'ouvrent sous la proue. Ève chevauche Adam, fléchie sur son amant ; sa croupe est enduite de sécrétions sauvages et de cristaux de sable. Ses hanches sont souples comme les voilures d'une frégate, ses cheveux fulgurent et s'envolent. Sa bouche, à faire trembler lèvres de mort, sa bouche dit la vie engloutie en elle, la joie de prendre et d'être prise, de se noyer et de renaître. Les cris amoureux montent au plus haut du phare. Avant que le jour ne souffle, que les ombres ne fuient ; des parfums d'algues mûres, de semence et de nuit.

Benoît se laisse dégringoler en bas de la dune. Il avance de guingois. Il se sent impur et terriblement seul. La mer s'approche en grande marée. Il comprime sa verge à travers l'étoffe de son pantalon, fait ruisseler l'eau noire sur sa nuque.

Il ne parvient pas à taire les voix qui le harcèlent, lui répètent qu'il a gâché sa vie. Son amour pour la Vierge, la Conque Céleste, le Phare des Vertus, n'est qu'une bluette pour gamin attardé. Les voix le lapident, des voix de femmes : celle de sa mère, de la négresse aux yeux de citadelle, de Camille, de toutes les belles passantes entrevues sur la route.

Il est trop tard. Comme un autiste pris de fureur, il se frappe le crâne, cache son visage en sanglot dans le sable.

LE SILENCE SE FAIT.

La renarde retrouve sa progéniture. Le crabe rejoint son nid entre deux grosses pierres.

La mer s'accroît avec lenteur, avec lenteur, Benoît se relève. Devant lui, une merveille. La lune a pulvérisé ses rayons sur les eaux, les reflets forment une mosaïque de tessons lumineux, esquissant les contours d'un visage. La Vierge se dessine dans la phosphorescence des vagues.

Benoît reçoit sa récompense debout. Il se tait, regarde les scintillements disparaître seconde après seconde. Il n'a vécu que pour ce seul instant. Ses larmes abreuvent la mer qui enfle jusqu'à ses genoux. Le phare s'allume et s'éteint. Signaux de détresse pour d'autres naufragés. Les fantômes nègres de Lampedusa.

Benoît n'a plus de raison de vivre, ni aucune envie de mourir. Les dunes, à ses pieds, sont de simples châteaux d'enfant. Il marche vers un soleil renouvelé, un jour unique, où tout prend sens, chaque respiration, chaque foulée.

2

CHEMIN DE CROIX. Entre deux eaux.

Terre étroite, chaleur et moustiques.

Benoît, frangin, te voilà mal. Tu es à la renverse du monde.

Port-Saint-Louis. Les docks, les quais, les containers. Tu avances, vaille que vaille, rouille que rouille. Ta marche soulève la chape des morts, libère les usines de la terre. Les énormes tuyaux déversent leurs chimies, le Rhône se colore, s'épuise. L'estuaire accueille le fleuve meurtri, les poissons survivants.

Martigues. Les spots dans les ténèbres, les panneaux publicitaires, les préfabriqués. L'heure va mourir. Le temps se lasse.

Fos-sur-Mer. Les klaxons, les caravanes. L'aiguille envolée de la pendule et les mots qui n'arrivent plus jusqu'à tes lèvres. Le Salut auquel tu penses, sans cesse. La distance, l'écho des grands arbres saisis par la nuit.

Istres. Un suaire sèche au dixième étage d'une tour. Tu traverses les rues vaines, les rues sur lesquelles personne n'a de prise. Tu tombes une première fois. Tu n'es pas seul. Celui qui t'accompagne est tombé, lui aussi.

Miramas. Les trains défilent sur la plaine. Une centrale nucléaire. Les cuves en surchauffe. La catastrophe imminente. L'étang de Berre dans ton dos et dans ta poitrine, le froissement d'un nuage.

La départementale 10. Chassé-croisé des défunts et des vivants. Tu es vulnérable, tu ne veux pas dormir, tu ne veux pas qu'on verse la chaux des mauvais rêves sur ton sommeil. Ta hantise d'être de trop, d'être né trop tard. Tu voudrais que le siècle n'emporte pas ton souvenir.

Vitrolles. Le soir. Des rires s'échappent d'un bar à soldats. Reflets d'anis sur les vitrines. Les pylônes incandescents, les poubelles renversées par le vent. Un camion benne déverse des lambeaux de miracles. Ce rêve tout à toi, cette crasse toute à toi. Tout à toi, ce Royaume à peine entrevu.

Marignane. Un avion de ligne frôle tes épaules. Un chauffard gueule dans ta direction. Ta tête est sertie de limaille. La nature circule entre les lacets de bitume. Tu amasses de minuscules gouttes d'eau. Le vide que tu domestiques revient en tournoyant.

Départementale 368. La croix est au sol. Tes doigts de métallo soudent le hasard. Tu es entier, ravagé par le quotidien. Tu surmontes l'injure, tu réclames ton dû, à voix basse, en mendiant. La terre se retourne sur tes pas.

Aubagne. Les sections à péage, les supermarchés, la tour de contrôle, les stations-service. Ta charge se délivre d'elle-même, le long des embarcadères et des entrepôts. Tu n'as que la promesse. Tu as reçu le don d'aimer, aux limites de la force.

Marseille. La ville respire tout son saoul. La ville envoie ses détectives, ses ambassadeurs, ses dealers pour renifler tes traces. L'Estaque tourne au ralenti. Marius Jacob et Charlie Bauer dynamitent la voie ferrée. Le viaduc rouge. Les fragments de l'usine du Rio Tinto. Les îlots fragmentés par l'écume. Tu tombes encore. Personne pour essuyer ta face, ni Véronique, ni Fanny. Ça va mal, frangin, ça va de plus en plus mal.

Le gueuloir des Baumettes. Tu entends des cris portés par le mistral. Tu te fais le greffier des voix enfouies, des langues avalées. La douceur voyage à distance des corps. Jamais tu ne renonces à l'énigme. Tu t'accrois. Tu es peu de chose.

L'archipel de Riou. Tu grimpes. Tu existes dans l'envoûtement d'un soleil cent fois dupliqué. Ta vie est une matière inventée, travaillée par l'Homme. Tu plonges en pleine discordance. Les arômes anciens remontent des canalisations. Le grand cloaque, l'intestin de la cité.

Le cap Canaille. Tu grimpes, tu grimpes. Là où tu vas, il faut te laisser. Ta fatigue s'exaspère. Tu postules à une silhouette, diaphane et solaire. Au bout d'un aride vagabondage, un ange renforcé dans sa patience t'appelle par ton nom.

Frangin, tu es sur le point de découvrir ton séjour, parmi les générations obscures et les sablines du rivage. Tu grimpes. Tout est accompli. Tu dilapides tes dernières rimes. Tu grimpes encore. Tu ouvres la voie. Tu délivres un poème sans trajectoire. Tu t'écroules. La gueule dans la poussière. Tu t'endors.

1

La camionnette se gare en haut de la pente. Un éternuement résonne dans l'habitacle. Francesco Zaccarelli ouvre la portière, les narines frissonnantes dans le petit matin. Ses moustaches transportent de minuscules particules de cellulose. Il retire ses lunettes, souffle sur le verre, essuie la buée avec son pull. Il vérifie que la bâche qui protège les outils dans le coffre est bien fixée ; il ajuste un mousqueton, retend les cordes.

Il s'avance sur le sentier qui mène au bord de la falaise. La mer est là, fidèle au poste. Elle a revêtu un bleu pâle, avec des reflets verts. À quelques nuances près, la mer, ce matin, a la couleur des yeux de Francesco Zaccarelli. Le ciel est dégagé, un léger voile de brume à l'est. Un vent tiède et salé. Le soleil accomplit son travail sans passion. Francesco paresse sur le sentier.

Un paquet de Craven A. Un tremblement des doigts. Une minute à triturer la molette du briquet, à calfeutrer la flamme. Une large bouffée de goudron s'échappe de sa bouche. Le vent accompagne la combustion, les volutes s'enroulent à ses tempes grisonnantes.

Francesco Zaccarelli écrase son clope contre une pierre, dépose le mégot dans la poche extérieure de son blouson. Il faudra qu'il passe au pressing, à Cassis, tout à l'heure. La perspective de cette corvée s'ajoute à l'impression pénible que le temps se moque de lui. Encore une journée pour rien, une fichue journée à inspecter la falaise, à traquer les bouts de plastique, à réprimander les touristes, à contempler les vagues.

Tous les matins, il arpente les calanques, prend quelques notes sur un calepin, redresse un panneau. Parfois, il repère une nichée de faucons crécerelle ou des empreintes de renard. Bien sûr, il y a le paysage, la crique de sable fin, les eaux moirées, les inflexions de la lumière et les sursauts du vent. Francesco Zaccarelli commence à se lasser de la carte postale. La poésie du lieu n'opère plus, d'ailleurs la poésie, en règle générale, l'emmerde.

Une deuxième cigarette part en cendres. Il prend l'étroit passage qui surplombe la crique. Les vagues se fracassent contre les falaises, bouillonnent dans la cuve, cent mètres plus bas. L'endroit rêvé pour un suicide, mais cela ne s'est jamais produit. Pour rompre la monotonie de son inspection, Francesco quitte le chemin balisé. Il escalade une petite paroi semée d'aloès et de plantes grasses. Les broussailles lacèrent ses paumes. Une odeur suspecte, charriée par le vent. Une charogne, peut-être. Il termine son ascension jusqu'à un promontoire à flanc de roche.

Un homme est couché sur le ventre. Du bout de la chaussure, Francesco secoue la masse inerte. À côté du cadavre, une vieille sacoche de cuir.

Francesco n'est guère éprouvé face à la mort. Son père était boucher, il a grandi parmi les hachoirs et les billots ensanglantés. Il se penche sur le visage. La barbe est drue, un rictus traverse les joues creuses. Au cou pend un chapelet de bois. Il inspecte la sacoche : trois fois rien, un vieux bouquin de prières, des filaments de laine rouge et jaune, des miettes de pain, des noyaux d'olive. Difficile de donner un âge à l'homme, mais il paraît encore jeune. Francesco se demande comment un être aussi maigre a pu grimper jusqu'au sommet. Les chaussures de chantier à ses pieds ne sont pas celles d'un randonneur. Son blouson ravagé de vermine l'apparente plutôt à un clochard. Mais pourquoi diable un clodo se serait-il lancé à l'assaut des calanques ?...

Francesco rebrousse chemin. Dans sa caboche de fils de boucher, les pensées s'entrechoquent. Il va devoir appeler les pompiers et sans doute la gendarmerie. Le réseau de son téléphone portable est trop faible. Une clarté soudaine frappe de plein fouet la falaise. Les pins d'Alep et les grands héliotropes se gavent de lumière. Devant la camionnette, une nouvelle cigarette.

« Tu fumes trop. Toi aussi tu vas claquer, à c'rythme-là. »

Francesco Zaccarelli prend la plus importante décision de sa vie. Il décroche la bâche du coffre, embarque sur son épaule une pelle et une pioche.

Il remonte le sentier en plissant les paupières. De sa main, il examine le sol. Un peu de terre, de la pierraille mêlée d'humus et puis la roche dure. Il abat son premier coup de pioche. Ses reins répercutent l'onde de choc. Il grimace. Il frappe. Un rythme régulier. Il enlève son pull, son tee-shirt. Son torse est nu, sa sueur éclabousse le cadavre, régale la poussière.

Il ne s'arrête que lorsque le trou devant ses pieds lui paraît assez profond. Avec sa pelle, il déblaie les pierres, puis, se servant du manche comme d'un levier, il soulève le corps et le fait valdinguer dans la fosse. Il dépose la sacoche de cuir sur la poitrine du gisant. Il remblaie avec de la caillasse et de la terre. Les cheveux disparaissent après une ultime pelletée.

Un regard circulaire.

PERSONNE.

Francesco se rhabille. Un instant, il songe à son fils, qu'il n'a pas revu depuis des années. Il chasse cette pensée, en même temps que les mouches qui viennent boire la sueur à ses joues. Francesco Zaccarelli fouille au plus obscur de sa mémoire, dans le tiroir de la langue maternelle. Il se souvient des bribes d'une prière, d'une chanson. Il murmure dans ses moustaches, appuyé sur sa pelle.

« *Nell' umile capanna. Nel freddo e povertà. È nato il Santo pargolo. Che il mondo adorerà…* »

Une hirondelle des rochers se pose sur les remblais encore frais de la tombe. Francesco la regarde d'un œil morne. Les giroflées et les centaurées jaunes exhalent un parfum inédit. Il repasse sur l'étroit sentier au-dessus des eaux. La mer ressemble de plus en plus à ses yeux. Il ne dira rien aux flics, aux pompiers, à personne. Il se promet de revenir, chaque matin, fumer sa première cigarette, aux côtés de l'homme couché.

La camionnette démarre.

Un nuage de poussière recouvre les chardons.

0

Un mausolée de lumière. Celui qui est couché sous la terre et les cailloux n'est pas mort, il dort. Il n'avait rien emporté sur la route, ni bâton, ni argent, ni pain. Il n'avait pas de tunique de rechange. Il n'était rien du tout. Benoît du Néant. Frère Désastre. Des terrils aux calanques, une longue marche, le temps d'un battement de cœur, d'un changement de rame, d'un travelling arrière.

Le Maître a eu raison de lui confier sa boussole, de l'égarer parmi nous. Benoît ne parlait pas, il chantait. Il ne travaillait pas, il mendiait. Il ne se lavait pas, il se purifiait. Il cherchait une luciole à chaque carrefour, une promesse sur chaque visage.

Lorsque nous nous éveillerons, que nous repousserons l'illusion du jour et de la nuit, que nous accueillerons la vie comme un pèlerin et la mort comme une sœur, quand se décilleront nos yeux, Benoît sera là. En haut de la falaise ou au creux d'un fossé. Avec les astres qui trament leurs zodiaques.

Avec les pauvres qui bricolent leurs destins. Avec la Parole qui tambourine contre nos portes closes.

Alors, nous ressentirons tout : la supplique d'une main, la délivrance des larmes, le miroitement d'un satellite, le souvenir d'une caresse. La douloureuse présence du Fils.